Caroline
MONTPETIT
L'Enfant

nouvelles

 Boréal

Les Éditions du Boréal
4447, rue Saint-Denis
Montréal (Québec) H2J 2L2
www.editionsboreal.qc.ca

L'ENFANT

Tomber du ciel, nouvelles, Boréal, 2006.

Caroline Montpetit

L'ENFANT

nouvelles

Boréal

Cet ouvrage a été écrit grâce à une subvention du Conseil des arts et des lettres du Québec.

Les Éditions du Boréal reconnaissent l'aide financière du gouvernement du Canada par l'entremise du Programme d'aide au développement de l'industrie de l'édition (PADIÉ) pour ses activités d'édition et remercient le Conseil des Arts du Canada pour son soutien financier.

Les Éditions du Boréal sont inscrites au Programme d'aide aux entreprises du livre et de l'édition spécialisée de la SODEC et bénéficient du Programme de crédit d'impôt pour l'édition de livres du gouvernement du Québec.

Diffusion au Canada : Dimedia
Diffusion et distribution en France : Volumen

Catalogage avant publication de Bibliothèque et Archives nationales du Québec et Bibliothèque et Archives Canada

Montpetit, Caroline, 1964-

    L'enfant

    ISBN 978-2-7646-0661-2

    I. Titre.

PS8626.O583E54   2009   C843'.6   C2009-940760-4
PS9626.O583E54   2009

À ma mère

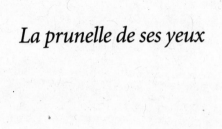

La prunelle de ses yeux

Le visage d'Alice se tordit une fois de plus en un spasme douloureux. Elle entendit l'infirmière approcher la poubelle, et vomit de nouveau. Puis revint ce tremblement étrange, plus puissant que tout ce qu'elle avait éprouvé auparavant. Le frisson la secouait tout entière, en une espèce de transe, comme un violent courant d'air qui l'aurait propulsée aux portes de l'enfer. Alice se mit à pleurer. L'infirmière lui prit la main, et elle l'entendit lui dire : « Ce que vous vivez là, c'est la plus belle histoire du monde. »

Elle avait dit cela avec une voix infiniment douce, qui jurait avec le carrelage glacé de la chambre d'hôpital, avec les cliquetis interminables des appareils sur lesquels Alice était branchée depuis le milieu de la nuit. La nurse avait un accent haïtien, une voix basse et chantante qui omettait les « r ». Alice imagina le grain foncé de sa peau, puis une autre contraction se souleva comme une vague pour lui arracher les entrailles. Elle serra la main de l'infirmière dans la sienne et tenta de reprendre son souffle dans l'obscurité.

Alice était aveugle depuis sa naissance. Elle était atteinte de l'amaurose congénitale de Leber, maladie rare qui l'avait confinée dans la nuit pour toujours. À peine entrevoyait-elle une lueur diffuse lorsqu'elle tournait les yeux vers la lumière. Du soleil, elle ne connaissait que la chaleur. Des arbres, elle savait le bruissement, les textures fraîches des feuilles ou la rugosité sèche du bois. Toute sa connaissance du monde n'était tissée que de sons, de sensations, d'odeurs, d'émotions. Et en ce moment crucial de l'accouchement, elle était plus que jamais livrée aux impressions de son corps.

Mais elle n'était plus seule. Elle était soumise aux pulsions de cet autre corps qui l'habitait, et l'un et l'autre se convulsaient en une espèce de danse atroce qui semblait ne jamais vouloir finir. Alice aurait préféré être mieux accompagnée, mais elle se refusait à téléphoner à sa mère, qui l'avait désapprouvée dans son choix d'enfanter. Elle avait finalement décidé de ne la voir que lorsqu'elle aurait un bébé à lui tendre, bien dodu et gigotant.

Les contractions avaient commencé la veille, par une belle journée d'automne. Malgré son ventre proéminent, Alice avait pris l'autobus pour aller se promener un peu au parc de la montagne. Une fois sur place, elle marchait à pas mesurés. Elle respirait profondément, savourant ce qu'elle savait être ses derniers instants de solitude. Les crampes étaient venues d'abord tout doucement, et Alice les distinguait mal des mouvements du bébé qui habitait son ventre depuis neuf mois. De petites poussées à peine douloureuses, qui s'étaient graduellement transformées en pointes déchirantes. Chacune d'entre elles se déployait comme l'avertissement d'une douleur plus importante à venir.

Alice savait quoi faire. Depuis des mois déjà, elle avait répété le scénario dans sa tête. Dans l'autobus, sur le chemin du retour, elle s'appliqua à mesurer les intervalles entre les contractions. Les vagues se succédaient, mais chacune d'elles, avant de venir, lui laissait encore un peu de répit.

Dès son arrivée chez elle, elle avait téléphoné à l'hôpital.

Mais elle n'avait jamais prévu une douleur aussi intense. Comme si, pour trouver la force de naître, le bébé tapi dans son ventre devait aller chercher la moindre parcelle de son énergie. De contraction en contraction, son utérus se tordait, poussait, cherchait à expulser la bête qu'il abritait. Alice subissait chacun de ces spasmes comme une condamnation à mort. «J'ai pensé que j'allais mourir.» Elle avait entendu cette phrase dans la bouche de plusieurs femmes pourtant ravies du souvenir de la mise au monde de leur progéniture.

Au milieu de la nuit, l'équipe médicale avait lié le bras d'Alice à un sérum distillant le syntocinon, une hormone qui active les contractions. Une infirmière lui avait planté une aiguille dans le bras. Pas la même infirmière que celle qui lui tenait la main maintenant. C'était une autre, aux mouvements plus secs, à la voix plus jeune. «Vos contractions ne sont pas assez efficaces, nous allons devoir les provoquer», avait-elle dit. Peut-être cette infirmière n'avait-elle jamais enfanté elle-même? Alice lui préférait la nurse avec l'accent haïtien, qui l'accompagnait maintenant avec la douceur d'une mère pour son enfant.

Elle mit une main affectueuse sur son ventre tourmenté. De l'enfant qui allait naître, elle ne savait absolument rien. Ni le sexe, ni même s'il était affecté de cette maladie héréditaire qui l'avait privée de la vue. Durant sa grossesse, elle avait catégoriquement refusé de subir tout test de dépistage génétique. Aujourd'hui, chaque contraction qui se soulevait dans le ventre d'Alice rapprochait l'enfant de l'ombre ou de la lumière. Et elle, soutenant la douleur, priait en silence.

Elle avait rencontré le père à la bibliothèque pour aveugles de la municipalité. Voyant, il la fréquentait pour trouver des ouvrages en braille ou enregistrés à faire lire à sa mère aveugle. Alice avait su rapidement qu'elle était atteinte de la même maladie que celle-ci. Il lui avait d'abord adressé la parole alors qu'elle était venue rendre un livre du Canadien d'origine indienne Rohinton Mistry. Il lui avait demandé ce qu'elle en avait pensé. Ils avaient parlé de l'Inde, avaient évoqué ses odeurs et ses rythmes. Il était bon cuisinier et l'avait invitée à manger chez lui. L'avait enivrée avec des parfums de cardamome, de safran, de coriandre et de menthe. Et puis, après un repas bien arrosé, entre les accords langoureux d'un disque de Leonard Cohen, il lui avait dit qu'elle était belle.

La beauté demeurait pour Alice quelque chose de légèrement abstrait. De la main, elle appréciait la douceur de la peau, le tonus d'un muscle, la souplesse d'une chevelure. Et sans le sens de la vision, la conquête d'un corps était pour elle une expérience toujours renouvelée.

Il s'appelait Vincent. Et elle en était encore à apprivoiser les sonorités de son nom qu'il avait déjà disparu de sa vie, comme dans les chansons de Cohen. Après des fréquentations intenses de deux semaines, il n'avait plus téléphoné. Elle ne l'avait pas rencontré non plus à la bibliothèque et s'était dit qu'il utilisait sans doute désormais le nouveau service de livraison à domicile offert aux usagers. Peut-être ne l'avait-il séduite que par curiosité. Ne croit-on pas que les aveugles font de formidables amants?

Ce n'est que plusieurs semaines plus tard qu'Alice s'était rendue à la pharmacie pour faire analyser un échantillon d'urine. Elle était enceinte.

Depuis son enfance, Alice savait que, à cause de sa cécité, le tracé de son chemin était différent de celui des autres. Chaque défi était plus lourd à relever, qu'il s'agisse d'apprendre en classe ou de se faire des amis, de partager leurs jeux sans trop se plaindre. Elle était intelligente, énergique, équilibrée, et douée d'un sens de l'humour qui avait fait rechercher sa compagnie. À l'école, elle avait monté une émission à la radio étudiante, s'y était rendue indispensable par sa sensibilité et ses connaissances musicales.

Aujourd'hui, la mi-trentaine, elle était autonome et vivait seule. Et au fond d'elle-même, elle se permettait d'espérer le paradis. Entre deux râles, Alice entendit le médecin entrer dans la pièce. «Je vais vérifier l'ouverture de votre col.» Elle sentit une main froide et gantée entrer entre ses jambes.

À six centimètres, elle était proche du but. Plusieurs mois avant l'accouchement, elle avait émis le souhait de ne pas subir d'anesthésie, pour mieux sentir ce passage qui ne la laisserait plus jamais seule. Maintenant, malgré l'angoisse et la souffrance qui la tordaient, elle savait qu'elle atteindrait son objectif. Elle demanda à être emmenée au bain tourbillon. Au bout de quelques minutes, deux infirmiers l'y transportèrent et la déposèrent dans l'eau bouillonnante.

Sans l'infirmière au doux accent haïtien, Alice se sentit de nouveau très seule. Pour se consoler, elle se dit que ce ne serait pas pour longtemps. Au sortir du bain, le médecin vint de nouveau la visiter. Son col était ouvert à dix centimètres. Il était temps de commencer la poussée. Dans une chambre non loin de là, elle entendit une femme hurler. Alice réentendait intérieurement la voix de la nurse: «Ce que vous vivez là, madame, c'est la plus belle histoire du monde.»

C'était le temps du sprint final, appréhendé

après une nuit de contractions. Le moment de donner l'effort ultime malgré la fatigue du corps et l'agitation de l'esprit. Sur les directives du médecin, Alice mit les pieds dans les étriers et poussa. Son travail était fructueux. La tête de l'enfant fit son apparition rapidement. Alice le sut aux cris que jetaient les infirmières. « On voit la tête, on voit la tête ! » Au moment du couronnement, juste avant que la tête ne s'engage dans la vulve, Alice lança un cri de conquérante. À peine quelques minutes plus tard, un vagissement d'enfant s'éleva dans les airs. On avait déjà déposé un corps chaud et mouillé sur son ventre quand le médecin annonça : « C'est un garçon. » Alice ne posa pas la question qui lui brûlait les lèvres.

Le médecin reprit le bébé dans ses bras. Il le plaça devant la lumière. Le bébé déplaça doucement sa tête en direction de celle-ci. L'enfant eut un réflexe photomoteur vif et rapide, sa pupille se rétrécit sous le rayon lumineux.

Le médecin replaça l'enfant sur le sein de sa mère pour qu'il se mette à téter. Le bébé ouvrit les yeux en aspirant le mamelon dans sa bouche.

Muette d'impatience, le bébé serré contre son sein, Alice entendit enfin le second verdict du médecin. « Tout semble indiquer que votre enfant voit. Vous lui avez donné la vue. »

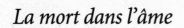

La mort dans l'âme

Je l'avais senti tout de suite dans sa voix, lorsque je lui avais parlé au téléphone. Un fléchissement au milieu d'une phrase, comme une porte qui s'ouvrait, le temps d'une seconde, sur un abîme. Elle m'avait dit : « J'ai des enfants, oui », sans en spécifier le nombre. Et un petit trou s'était ouvert au milieu de sa phrase pour se refermer tout de suite. Je n'avais pas posé d'autres questions. Quelques heures plus tard, son auto était apparue dans l'allée. Elle en sortit, blonde, un peu échevelée. Elle s'appelait Suzie.

Je m'étais blessée à la jambe dans un accident. J'avais besoin d'aide pour faire du ménage au chalet. Elle était affable, disponible, empressée.

Nous avons fait le tour des lieux, évalué l'ampleur du travail à faire, jaugé ce que les souris avaient fait comme dégâts durant l'hiver. Elle savait ce qu'elle avait à faire. Elle le faisait.

Limitée par ma jambe immobilisée, je l'aidais comme je pouvais, allant chercher la vadrouille, le balai et les détergents dont elle avait besoin, décidant de l'espace à accorder aux casseroles, aux livres. Nous travaillions depuis un certain temps, parlant de choses et d'autres. C'est lorsqu'elle était agenouillée sur le plancher, occupée à faire disparaître une tache d'origine inconnue, que sa douleur s'est manifestée pour la première fois devant moi.

« J'ai eu trois enfants », dit-elle au moment de m'expliquer pourquoi elle s'était établie dans ce coin reculé de la campagne, elle qui était née à la ville. « Deux d'un premier mari, le troisième d'un autre homme, ajouta-t-elle. Mon deuxième conjoint s'appelait Étienne. On avait ouvert un petit restaurant, au village. J'étais jeune encore, malgré mes deux grossesses. Il me semblait qu'Étienne me prenait comme j'étais, avec mes deux enfants à temps plein à la maison. Au début, je travaillais beaucoup. D'abord, pour rénover le restaurant, puis pour composer des menus, faire les courses. Le soir, quand on montait finalement se coucher et qu'on éteignait les lumières, Étienne faisait chaque jour un peu de pression. Il disait, je voudrais un enfant de moi, à moi. Et je voulais aussi. Et je le comprenais. Malgré un premier mariage qui avait fini en divorce. J'ai eu un mari qui, après m'avoir tiré deux enfants du corps, s'est évanoui dans la nuit pour ne pratiquement jamais revenir, sauf quelques heures par an où il consent à assumer son rôle de géniteur, où il rencontre ses enfants pour leur assurer qu'ils ont bien un père, même s'il est très occupé, avec une autre femme et d'autres enfants déjà, et que les fruits de son premier lit ne trouvent au fond dans sa bouche que le goût amer de l'échec. »

Suzie comprenait donc, malgré cela, les ambitions paternelles d'Étienne, qui après tout avait ouvert ses bras et les portes de sa maison à sa famille. Et dans les minutes qui précédaient un sommeil profond où elle oubliait un instant ses tracas quotidiens, elle se livrait, amusée, à la sexualité passionnée de son amant, y trouvant elle-même, au beau milieu de sa fatigue, un plaisir qui la faisait sentir bien vivante, presque sauvage, comme une adolescente en cavale.

Et un jour, finalement, elle s'était retrouvée enceinte.

Étienne avait dansé plus que jamais autour d'elle dans l'obscurité de la nuit. Plus son ventre s'arrondissait et plus son amant était empressé, auprès d'elle, mais aussi auprès de ses enfants. Lorsqu'il devait faire des courses pour le restaurant dans la ville voisine, il arrivait souvent les bras chargés de cadeaux, des disques pour les jeunes, un vêtement de maternité pour elle, et aussi, déjà, des petits jouets, des vêtements, des meubles pour le bébé à venir.

« C'était un garçon, dit-elle. Nous l'avons appelé Marc. Et dès qu'il est né, il est devenu la prunelle des yeux de son père. »

Étienne ne vivait plus que pour son enfant. Quand il revenait, il prenait à peine le temps de les saluer, elle et les deux autres enfants, pour se précipiter dans la chambre de son fils, le prendre dans ses bras, lui faire des câlins. Et lorsqu'il adressait enfin la parole à la mère de son enfant, c'était en général pour lui faire des reproches, pour la houspiller parce qu'elle n'avait pas encore changé sa couche, parce que l'enfant n'avait pas fait sa sieste au bon moment, ou parce qu'elle lui avait donné un biberon alors qu'il aurait voulu qu'elle l'allaite.

« En fait, il aurait voulu lui donner le sein lui-même », dit Suzie, les yeux sombres.

Au fil des semaines, la présence de Marc avait fini par envenimer le lien entre les parents. Étienne avait perdu tout intérêt pour le restaurant, lui qui avait pourtant passé des nuits entières à le retaper. Ce qui avait soudé leur couple avant

Marc ne tenait plus, le laissait complètement indifférent. Même Suzie, comme mère, lui semblait presque inutile, en dehors du sein qu'elle refusait de plus en plus souvent de donner, convaincue de ne pas avoir assez de lait pour nourrir Marc, et épuisée par les caprices de l'enfant qui n'apprenait pas à téter convenablement.

Aussitôt que Marc fut sevré, Étienne décida qu'il serait pris en charge par sa propre mère, pendant que Suzie retournerait travailler au restaurant. Tous les matins et tous les soirs, c'était lui qui allait le reconduire ou le chercher pour le ramener à la maison. Suzie préparait le souper, causait avec ses deux autres enfants qui revenaient de l'école. Mais plus le temps passait, plus elle avait du mal à s'attacher à son bébé, à s'immiscer dans la relation qui le liait à son père.

Durant la journée, les tensions persistaient dans le couple. Depuis son ouverture, le restaurant n'avait pas attiré la clientèle escomptée. Suzie aurait voulu mettre un frein aux dépenses en attendant que la situation se redresse, mais Étienne avait plutôt choisi d'investir dans une campagne promotionnelle coûteuse, dont les résultats tardaient à se faire sentir. Retenu à la maison en soirée par ses obligations familiales, le couple devait chaque soir maintenir plusieurs employés en poste dans l'attente d'éventuels clients.

Les affaires périclitaient depuis un certain temps lorsque la mère d'Étienne montra ses premiers signes de faiblesse. Fatigue, vertiges, insomnie. Le médecin diagnostiqua le syndrome de la fatigue chronique. C'est encore Étienne qui trouva une gardienne pour la remplacer auprès de Marc. Laure était une jeune femme, énergique. Elle gardait des enfants chez elle depuis déjà quelques années.

« Partez l'esprit tranquille », avait-elle dit à Suzie les premières fois qu'elle était allée reconduire l'enfant chez elle. Et au fond, Suzie ne demandait pas mieux que de trouver un peu de paix et de silence, dans un coin de son cerveau, entre les disputes avec Étienne, les piaillements des deux autres enfants, les incessants calculs financiers et les rares clients.

Ce jour-là, le village baignait dans la chaleur intense de juillet, le genre de chaleur qui pourrait faire fondre le goudron dans les rues. Suzie était passée chez Laure assez tôt, dans l'espoir d'emmener les enfants à la plage municipale avant le souper. La suite s'était déroulée comme dans un film, qu'elle se repassait inlassablement dans sa tête pour arriver à y croire : l'auto de police devant la porte. Laure, accablée, assise devant la table de la cuisine, la tête dans les mains. La civière avec un petit corps, déjà recouvert d'un drap.

Les mots pour le dire n'existaient pas. Aussi, ceux qu'elle utilisa tombèrent sèchement entre nous, comme dans le fracas d'une pierre qu'on lance avec colère.

« Il s'était noyé dans la piscine », me dit Suzie. Son ton était devenu monocorde, comme si elle racontait une histoire qui était arrivée à quelqu'un d'autre, pour ne pas s'étrangler de chagrin, pour ne pas mesurer l'épouvantable gouffre que l'événement avait creusé dans sa vie. Elle parlait comme quelqu'un qui marche à côté d'un précipice en faisant semblant de ne pas le voir, pour se sentir un peu comme tout le monde, pour rejoindre des gens dont il ne partage plus l'expérience, la raison.

« Après cela, dit-elle, ma relation avec Étienne s'est encore détériorée. Il est devenu sombre, fermé. Encore plus qu'il ne l'était avant la mort de Marc. On a fermé le restaurant, qui n'était plus rentable de toute façon. Étienne a consulté un psychiatre. J'aurais voulu qu'on traverse cette épreuve ensemble. Il ne recherchait pas mon aide. Son enfant né, j'étais devenue presque inutile. Son enfant mort, je l'étais encore plus. La mère porteuse ne portait plus rien.

« Marc a été incinéré. C'est moi qui avais pris les arrangements avec la maison funéraire. L'urne, on l'avait choisie ensemble. La plus simple possible. Ensuite, on devait décider si cette urne serait enterrée ou exposée dans un colombarium, pour que les parents qui venaient visiter le petit Marc puissent la voir. J'ai téléphoné au directeur de la maison funéraire pour lui dire que ma décision était prise. Que je voulais que l'urne soit exposée. Il était d'accord. J'ai demandé quand est-ce que ça pouvait se faire. Il m'a dit qu'il faudrait retourner l'urne. "Retourner l'urne?" Je ne comprenais pas. Il m'a dit : "Votre mari est parti avec l'urne."

« Je suis devenue comme folle. J'étais à l'étage. Il dormait au sous-sol. Cela faisait déjà un certain temps qu'on faisait chambre à part. Les enfants étaient dans leurs chambres. J'ai dit : "Où est-ce qu'il est?" »

Suzie s'était arrêtée de parler un instant, et j'ai eu l'impression qu'elle avait oublié jusqu'à ma présence. Son regard était tourné vers l'intérieur, comme si elle cherchait son enfant dans les replis de son ventre, avec dans la bouche un goût mêlé de cendre et de sang.

« Il s'est levé sans dire un mot. Sans même me regarder, en fait. Il a ouvert la porte de l'armoire. Il m'a dit : "Il est là."

« Je me suis jetée sur l'urne. Je l'ai prise dans mes mains et je me suis assise sur le lit. Je la serrais contre moi comme je l'aurais fait pour Marc. Je suis restée quelques minutes là, à sangloter. Étienne est resté debout près de moi. Il n'a pas essayé de me consoler. Quand j'ai réussi à retrouver mon calme, je suis remontée au rez-de-chaussée avec l'urne dans les mains. J'ai fait mes bagages et ceux des enfants. On est partis ce soir-là et on n'est jamais revenus. »

Il y avait longtemps déjà que Suzie avait cessé de frotter. Elle s'était assise sur le lit, les bras croisés, les broyant de ses mains comme à la recherche d'un corps disparu. J'aurais pu la prendre, lui donner ce qu'une mère a de plus immédiat à donner, son corps, son cœur, ses seins. Mais nous étions des adultes aujourd'hui, inconnues l'une de l'autre par-dessus le marché, pétrifiées dans cette espèce de moule de bienséance qui interdit parfois de donner tout ce qu'il nous reste, tout ce que l'on a, à des étrangers. Debout à côté d'elle, je ne bougeais pas. Froide comme une statue. J'avais le sentiment de ne pas pouvoir l'aider.

« J'ai fait placer l'urne dans le colombarium

comme prévu. Étienne peut aller le voir tant qu'il veut et moi aussi », dit-elle.

Son histoire était finie. Il ne lui restait plus qu'à renaître de ses cendres. Il ne lui restait plus qu'à raconter comment elle devait de nouveau faire vivre ses deux enfants seule, sans travail, et faisant des ménages en attendant de trouver quelque chose de mieux. Qu'elle ne pouvait plus voir des enfants de quatre ans, que ça la rendait folle de rage et qu'elle devait alors s'accrocher à la froideur de sa colère, seule. Qu'elle avait participé à des groupes de partage d'endeuillés, et que ça ne donnait pas beaucoup de résultats, mais que de toute façon il fallait vivre. Il fallait vivre, c'est tout. Même tordue de douleur, jour après jour après jour.

Suzie a repris ses travaux. L'air de la maison était tellement chargé de chagrin que j'ai dû sortir. Quand je suis revenue, elle était prête à partir. Je l'ai vue s'éloigner, les cheveux blonds en bataille. J'avais l'impression de voir un corps qu'on aurait privé de sa substance, qui serait devenu évanescent, vaporeux. Le fantôme de quelqu'un d'autre. Elle a mis la clé dans le démarreur et la voiture s'est éloignée.

Je suis restée seule dans le silence du soir. J'ai regardé l'aiguille des secondes faire des centaines de fois le tour de l'horloge.

Je suis restée seule avec le souvenir de mon propre enfant. Parti quelques jours plus tôt, avec mon mari, à la suite d'une violente dispute qui nous avait opposés. D'un commun accord, nous avions décidé qu'un week-end de séparation nous ferait du bien. Antoine n'avait pas donné de nouvelles depuis, je les attendais d'une heure à l'autre.

Toute la nuit, j'ai cherché le sommeil en scrutant le plafond. Puis, l'aube s'est finalement levée, d'une pâleur de mort.

Et partout autour de moi, il y avait la vie. Dans les champs lourds des parfums de la fin de l'été, dans l'eau qui continuait de bruire doucement, à côté de la maison, dans le chant des oiseaux qui s'élevait d'un seul coup, comme pour habiter le matin. Je pensais à Suzie. Dans le jour qui se levait, il n'y avait pas de place pour la mort. À peine y avait-il un peu de place pour les cendres qui s'empressaient de disparaître, pour les urnes funéraires qui hurlent les vies trop courtes.

Partout autour, il n'y a d'espace que pour la vie.

Les premiers rayons de soleil chauffaient le sol quand j'ai enfin entendu une auto rouler dans l'allée.

Don de soi

Leila cracha par terre. La cuite qu'elle avait prise la veille lui laissait un arrière-goût. Elle fouilla dans sa poche pour trouver ses cigarettes et en alluma une. En poussant la fumée dans l'air frais, elle avait l'impression de chasser la lourdeur de son humeur maussade. Elle leva le nez vers le ciel clair du midi.

Ce matin encore, elle s'était disputée avec sa mère à la maison.

Depuis quelque temps déjà, sa relation avec Hélène, tellement intense dans l'enfance toute proche, s'était transformée en un feu roulant de discussions ou d'échanges de gros mots, ponctués de claquements de portes et de bouderies interminables. Elles qui avaient été si complices, aux aguets du moindre sourire de l'autre, pouvaient maintenant à peine se supporter. Au mieux, elles s'évitaient. Et Leila pouvait dire à quel moment exactement la transformation de cette relation avait commencé.

C'était au milieu de la cinquième secondaire. Dans son cours d'espagnol, Leila s'était liée d'amitié avec Gabrielle, qui était plus vieille, plus expérimentée, plus audacieuse qu'elle. Elle avait pris l'habitude de la suivre chez elle après l'école, où les deux filles retrouvaient régulièrement une bande d'amis. C'est là que Leila avait rencontré Fernando. Là qu'ils s'étaient collés pour la première fois. Toute vierge qu'elle était, Leila savait comment faire, depuis le temps qu'elle en parlait avec ses copines, qu'elle le voyait faire dans les films ou sur Internet. Ils n'étaient d'ailleurs pas allés trop loin. Et Leila avait simplement senti, au terme de caresses à la fois langoureuses et passionnées, la chaleur d'une montée de sperme dans sa main.

Il y avait plusieurs choses chez Fernando qui déplaisaient à Hélène. À dix-huit ans, il n'allait plus à l'école, il consommait beaucoup de drogue et en vendait à l'occasion. Le fait qu'il soit latino n'était pas un problème en soi, disait-elle. Mais Hélène craignait que sa fille ne soit happée par le phénomène des gangs de rue, qui sévissait dans plusieurs écoles de la ville. Leila aimait bien Fernando. Mais quelque chose de plus fort encore que son intérêt pour lui était venu la troubler depuis qu'elle le fréquentait. Un sentiment étrange que la nuit passée chez Gabrielle avait fait monter en elle. Après qu'elle eut senti le sperme chaud de Fernando sur sa main, elle lui avait parlé de ses origines. Née d'une mère célibataire, Leila ne connaissait pas son père. Dans les nuits qui avaient suivi, elle avait fait un cauchemar. Alors qu'elle caressait un nouvel amant, elle levait la tête et découvrait, horrifiée, la tête d'un homme plus vieux, qu'elle n'avait jamais vu. Elle ne s'était plus rendormie jusqu'au petit matin. Depuis, Leila n'en démordait plus. Elle voulait connaître son père. Elle avait abordé la question avec Hélène le jour suivant, au souper. Sa mère s'était refermée comme une huître.

Ce n'était pas la première fois que Leila abordait avec Hélène l'épineuse question de l'identité de son père. En fait, cette interrogation avait surgi entre elles dès que Leila avait eu l'âge de raison, et qu'elle avait compris, en discutant avec ses amies d'école, que le fait de ne pas connaître son père était une situation d'exception. Hélène, de son côté, avait préparé le terrain depuis longtemps. Année après année, elle lui avait expliqué qu'à la fin de la trentaine elle n'avait toujours pas d'âme sœur en vue, et que son désir d'enfant avait alors pris une telle ampleur qu'elle avait décidé d'en faire un seule.

Et Leila était née, petit paquet de chair et de sang, de la rencontre d'un ovule d'Hélène et d'un peu de sperme d'un donneur inconnu, sous les auspices d'un gynécologue obstétricien de garde ce jour-là, d'ailleurs pas trop mal de sa personne.

Un donneur inconnu...

Le mot avait résonné longtemps dans le cerveau incrédule de Leila. Inconnu, celui qui lui avait donné ses yeux sombres, légèrement bridés, qu'elle faisait longuement briller dans le miroir, en les soulignant minutieusement de khôl. Inconnu, celui dont les mains étaient vraisemblablement aussi fines et brunes que les siennes, elle dont la mère était une blonde aux yeux bleus et au teint pâle.

Déjà, toute petite, devant son miroir, Leila passait des heures à tenter de reconstruire l'image de son géniteur. Parfois, elle l'imaginait beau, encore plus beau qu'elle, une sorte de prince à la peau foncée qui lui parlerait avec un doux accent étranger. Mais peut-être aussi qu'elle ne lui ressemblait pas du tout. Peut-être qu'elle ressemblait à sa grand-mère paternelle, qui aurait elle-même épousé un Blanc. Ç'aurait pu être une féministe, qui s'était battue pour s'élever au-dessus de sa condition, une femme généreuse peut-être, ou bien une chipie. Parfois aussi, il lui arrivait de croire que ce garçon, cette fille qui passaient dans la rue étaient son frère, sa sœur. Et depuis le début de sa relation avec Fernando, ce sentiment était devenu presque insupportable.

Au fil des ans, Leila avait fini par attribuer à ce père manquant, à cette éprouvette, tous les défauts qu'elle se trouvait à elle-même : son irritabilité, le caractère têtu qui faisait qu'elle était souvent en punition à l'école. Elle lui devait sûrement ses oreilles trop grandes, sa timidité excessive. Un peu plus tard, il s'était mis carrément à la dégoûter, lorsqu'elle l'imaginait, assis sur la chaise d'une clinique louche, se masturbant d'une main avec dans l'autre un magazine qui exhibait des femmes fatales, avant de rentrer tranquillement chez lui, oublieux et anonyme.

Après seulement quelques semaines du combat qui avait suivi son cauchemar, Leila avait posé une question coupante comme du verre cassé. « Maman, tu es sûre, absolument sûre, qu'il n'est pas possible de le retrouver ? »

Hélène était restée muette, comme si elle avait reçu un coup de poing dans l'estomac. Elle avait gardé le silence quelques jours. S'était retirée dans sa chambre tôt, laissant sur la table de la cuisine un repas pour Leila, qui ne rentrait souvent que tard, après avoir rendu visite à ses amis. Mais Leila, qui la connaissait bien, sentait que sa bataille n'était pas perdue.

Dans l'intimité de sa chambre, Hélène voyageait dans le temps. Elle se revoyait, chez elle, la main sur le téléphone, presque vingt ans plus tôt. Dans l'autre main, elle tenait un bout de papier, sur lequel était griffonné un numéro de téléphone. Il lui avait été donné par une clinique de fertilité qui acceptait de venir en aide aux femmes, même seules, torturées par une horloge biologique faiblissante, qui désiraient avoir un enfant. Après quelques rencontres avec une psychologue, Hélène avait osé parcourir les clauses d'un contrat qui prévoyait un don de sperme, ainsi que diverses annonces de donneurs.

L'approche de la banque de sperme était pour le moins minimaliste. On commençait par détailler les prix des différents services. Le don de sperme entièrement anonyme était celui qui se négociait au plus bas prix. Ensuite, moyennant des frais supplémentaires qui n'étaient pas énormes, on avait accès à différentes options. Il était possible d'obtenir des renseignements sur le donneur : profession, hobbies. Il était également possible d'obtenir une photo du donneur lorsqu'il était enfant.

Hélène avait d'abord lu les annonces les

joues en feu, avec une sorte de gêne, et peut-être aussi avec un peu de colère. Tenaillée par l'impression de commettre une forme de sacrilège, elle avait longuement pesé le contenu de chaque annonce. On y trouvait des étudiants affirmant poursuivre des études de droit et nourrir une passion pour le football, des chiropraticiens vantant leur intérêt pour les voitures et la bicyclette. D'autres se disaient menuiser, avocat ou représentant des ventes, aimant la guitare, la chasse, la lecture ou le karaté. Ils affichaient, pour les intéressées, des traits caucasiens, négroïdes, asiatiques ou amérindiens, avaient les yeux bleus, bruns, verts ou pers, des cheveux variant du blond au noir. Aucune référence n'était faite à leur âge.

Elle s'était surprise à feuilleter ce catalogue comme on consulte celui d'un marchand d'automobiles. Des cheveux, des yeux… Des descriptions auxquelles manquait l'essentiel, quand on parle d'un père. La façon qu'a un individu de sourire, ou le temps qu'il prend pour se mettre en colère quand on l'agace…

C'est la photo de lui enfant qui avait retenu par-dessus tout son attention. Petit garçon, il semblait sage, avec ses grands yeux noirs fixant l'objectif de l'appareil avec étonnement. La photo paraissait avoir été prise dans un jardin, et l'enfant laissait tomber de son bras un animal en peluche usé. Il y avait dans ce regard une certaine langueur, une sorte de tendresse qui avait agi sur Hélène comme un appel. L'enfant qui était sur la photo était devenu étudiant en philosophie, porté sur la musique et sur les arts en général. L'annonce était marquée d'un astérisque. Et au bas de la page, on pouvait lire que ce signe identifiait les donneurs qui, pour une somme plus importante encore, offraient la possibilité de rencontrer l'enfant né de leur sève, lorsque celui-ci aurait dépassé l'âge de dix-huit ans.

Dans les jours qui avaient suivi sa lecture du catalogue de donneurs, cette image d'enfant n'avait cessé d'accompagner Hélène. Elle se sentait prise d'une fébrilité extrême, comme sur le point de transgresser une loi naturelle. Mais une force nouvelle lui venait à la seule évocation d'une vie qui pourrait commencer à battre tout près de son cœur. Le corps médical de la clinique qu'elle fréquentait était avec elle d'une désinvolture étonnante. Lorsqu'elle avait désigné le donneur qu'elle avait choisi, l'infirmière avait dit : « C'est un bon choix, il fait de très beaux bébés. » Hélène était restée sous le choc. Quoi, son enfant aurait des demi-frères, des demi-sœurs, autour d'elle, sans les connaître, sans même pouvoir les identifier ? Et au même moment, une petite voix lui disait « ce sperme est bon », « il fait de beaux enfants ». Et elle se le répétait dans une sorte d'ivresse inconsciente. Elle avait poursuivi sa démarche.

L'opération avait été remarquablement simple. Hélène se souvenait avec précision du visage du médecin en sarrau blanc qui s'était penché vers elle avec un spéculum pour déposer en elle le sperme d'un donneur absent. Un sourire attentif, des sourcils réguliers, des yeux bleus. Elle avait eu une sensation de froid quand l'instrument était entré entre ses jambes. Après lui avoir recommandé de rester quelques minutes allongée, le médecin avait disparu dans un froissement de rayonne blanche.

Un soir, Leila trouva sa mère assise à côté du repas chaud posé sur la table de la cuisine. Muette encore, avec dans le regard une succession d'orages et d'éclaircies. Hélène regarda sa fille, sourit et tira une photo de sa poche. « Tu voulais ton père. Eh bien, le voilà », dit-elle.

Leila était restée figée. Elle l'avait rêvé multiple : sérieux, en complet-veston, enseignant dans une université de renom, ou plutôt décrocheur, voire délinquant, courant le monde les mains dans les poches, écrivain peut-être. Elle l'avait imaginé mort, à des funérailles où elle n'aurait pas été invitée, enseveli sous des fleurs déposées par d'autres femmes et d'autres enfants, peut-être dans un autre pays, parlant une autre langue que la sienne. Parfois même, elle le voyait malade, impotent. Condamné à vivre comme un légume dans un hôpital où on l'aurait oublié.

Et puis voilà. Le père que sa mère venait de déposer sur la table était un enfant. Un môme en culottes courtes, tenant un ours en peluche usé à la main, avec, au milieu du visage, des yeux semblables à ceux de Leila, noirs comme la nuit, qui lui donnaient un air doux et plein de tendresse. Son père : un enfant.

Leila avait pris la photo et s'était levée brusquement. Elle était entrée dans la chambre en claquant la porte derrière elle. Elle se coucha sur son lit et cacha son visage dans ses mains. Hélène venait de gagner une manche. Leila sentit les larmes rouler sur ses joues.

* * *

Carlos sortit de la pièce sur la pointe des pieds, pour ne pas déranger sa cliente qui était encore étendue sous le drap, comme endormie. Il entra dans la salle de bains réservée au personnel et entreprit de se laver les mains. C'était la dernière cliente de la journée. Quelques minutes plus tard, il vit la jeune femme sortir de la salle de massage. Elle passa à la caisse, paya, franchit la porte et s'éloigna le sourire aux lèvres, son ventre proéminent bien dégagé devant elle.

Carlos traîna un peu dans le vestiaire des employés. Chaque soir, depuis quelque temps, il éprouvait de la difficulté à rentrer chez lui. En sortant, ce soir-là, il céda une fois de plus à l'émotion du moment, prit le téléphone, composa un numéro et avertit sa femme qu'il sortait avec des amis et ne rentrerait pas souper à la maison. Quelques minutes plus tard, il était assis à la table du restaurant d'en face, seul. Cela durait depuis trop longtemps. Il s'en rendait bien compte. C'était venu imperceptiblement, comme une marée d'huile usée, lente et lourde. Un dégoût qu'il n'arrivait plus à nier. Il était tenté de rappeler Linda et de lui annoncer carrément qu'il ne rentrerait plus.

Carlos tourna sa cuillère dans son café. La peau chaude de la cliente de tout à l'heure lui revenait à la mémoire. Elle s'était présentée au salon de massothérapie pour la première fois il y a plusieurs mois. À l'époque, elle n'avait qu'un petit ventre rond qui n'évoquait pas nécessairement la grossesse. Mais elle avait demandé un massothérapeute avec une formation pour femmes enceintes. Arrivée sur la table de massage, elle avait longuement interrogé Carlos sur ses compétences. Elle s'inquiétait d'un petit point réputé pouvoir provoquer des avortements spontanés. Carlos l'avait rassurée et massée de son mieux. Puis, elle était revenue. Chaque semaine. S'était plainte successivement de nausées, de maux de tête et de jambes. De semaine en semaine, son ventre grossissait sur la table de massage de Carlos, qui osait, parfois, au terme d'une heure de massage soigné, poser ses mains douces sur le ventre chaud. Un jour, la cliente était arrivée en annonçant à Carlos le sexe de l'enfant : « Ce sera un garçon et il s'appellera Laurent. » Ce jour-là, même lorsqu'il massait la tête ou les jambes, selon les techniques de shiatsu ou de massage suédois qu'il affectionnait, il lui semblait ne pas pouvoir quitter des yeux la protubérance ronde. Même que, alors qu'il avait posé doucement ses mains sur le ventre au moment de conclure le massage, il lui avait semblé sentir l'enfant bouger.

Ces derniers temps, le passage hebdomadaire de la cliente au salon de massothérapie était devenu une sorte d'épreuve. Et lorsqu'elle quittait le salon, détendue, comme sortant du ventre de sa propre mère, Carlos la regardait partir avec un vide immense entre les mains.

Carlos était arrivé au pays au début de la vingtaine. Né à Cuba, il jouait de la trompette dans un groupe de musique pour les touristes peuplant les plages de Varadero lorsqu'il avait fait la connaissance de Linda. C'était une histoire typique. Une Québécoise qui s'amourache d'un Cubain et qui le fait venir au Canada pour l'épouser. Lui était trop heureux de réaliser le rêve d'exil que les soupirs de ses parents avaient fait germer dans sa tête. Déjà, lorsqu'il était enfant, il leur était arrivé de dire en blague C comme Canada, plutôt que le C comme Castro prescrit par le régime, en égrenant l'alphabet. Toute son adolescence, il avait regardé avec fascination les avions bondés de touristes quitter son île pour d'autres cieux. Comme bien d'autres, il avait accepté le marché, suivant la tentation d'une vie meilleure.

C'est bien après l'arrivée de Carlos au Québec que le désir d'enfant avait commencé à empoisonner le couple qu'il formait avec Linda.

Depuis toujours, Carlos rêvait d'être père. L'enfant, dans la société cubaine, est un roi. Bien sûr, il ne s'attendait pas à reproduire ici la famille cubaine type : femme mariée tôt, un enfant par foyer, deux au maximum, qu'on a d'ailleurs du mal à faire vivre, mais qui poursuivent tout de même des études avancées. Au Québec, au terme d'études écourtées par le manque d'argent, Carlos était devenu massothérapeute. Linda avait donc la trentaine avancée lorsqu'ils s'étaient finalement décidés.

C'était sans doute déjà trop tard, se disait aujourd'hui Carlos. Les années suivantes s'étaient succédé avec leur lot mensuel de déception. Après de nombreuses tentatives pour tomber enceinte de façon naturelle, Linda s'était acharnée. Elle avait eu recours à l'insémination artificielle, puis à la fécondation in vitro. Mais jusqu'à présent, tous ces essais s'étaient soldés par des échecs. Et chaque soir, dans la nuit noire des hivers québécois, Carlos devait retrouver à la maison une femme aigrie, meurtrie, explosant en larmes à la seule évocation d'un enfant. Le couple avait fait des analyses. C'était elle qui vraisemblablement avait des difficultés à se reproduire, puisque le sperme de Carlos était fertile et abondant. Puis, un jour, un secret qu'il avait habilement dissimulé à Linda avait refait surface dans son esprit.

C'était un souvenir de ses premières années passées au Canada. Et cette idée, loin de l'abandonner, se faisait chaque soir plus persistante, plus tenace. Plus elle l'habitait, plus le fossé qui le séparait de Linda se creusait. C'était du temps qu'il était étudiant. Fauché, heureux. Linda et lui célébraient cette semaine-là leur anniversaire de mariage et il avait terriblement envie de lui faire un petit cadeau. Le matin, au déjeuner, il avait vu l'annonce dans le journal. Dès qu'il avait pu, Carlos s'était pointé dans le bureau du centre-ville, avait rempli le formulaire. Il avait accepté sans rechigner la revue pornographique qu'on lui tendait et s'était exécuté dans l'intimité d'une cabine crasseuse. Il était reparti sans mot dire avec assez d'argent dans ses poches pour payer un repas arrosé pour deux au restaurant. Carlos n'avait jamais parlé de cette affaire à Linda. Ni de cette affaire, ni de la petite clause qu'il avait acceptée moyennant un supplément, et qui permettait une rencontre avec l'éventuel enfant une fois que celui-ci aurait atteint dix-huit ans. Dans les semaines qui avaient suivi, pressé par des factures urgentes à payer, mais aussi séduit par la simplicité de l'opération, il était retourné au bureau du centre-ville plusieurs fois. Il n'en avait jamais parlé et pourtant, là, derrière cette table de restaurant où il mangeait désormais seul, cet événement prenait toute la place dans son esprit. Il voulait par-dessus tout savoir s'il était père et connaître ses enfants.

*　*　*

C'était une fille. La technicienne l'avait établi au moment de l'échographie. Hélène avait été soulagée à la vue de ces photos imprécises, qui montraient vaguement un bras, une jambe. Durant les mois précédents, elle avait craint que le médecin en sarrau n'ait mis en elle quelque chose d'autre qu'un humain, une bête peut-être, par erreur. Peur que tout cela finisse en cauchemar.

L'enfant était née. Quelques mois après sa naissance, Hélène avait cherché en vain dans le regard du bébé le bleu profond de ses propres yeux. À son arrivée, l'enfant avait rivé sur le monde un regard bleu comme mêlé de jaune. Puis, à mesure que les semaines avaient passé, le bleu était devenu plus trouble, comme un ciel chargé. De semaine en semaine, il s'assombrissait, pour se fixer en un noir profond, un noir suffisamment inquiétant pour qu'Hélène n'arrive jamais à oublier complètement la petite éprouvette de sperme qui avait mené à sa conception.

Depuis le jour où il avait pour la première fois donné de sa semence pour s'offrir un repas au restaurant, les règles concernant les dons de sperme et l'insémination artificielle avaient changé. Dans ses temps libres, Carlos naviguait sur Internet et fouillait dans les journaux pour se tenir au fait des dernières tendances. D'abord, le don de sperme rémunéré était maintenant interdit. Cette nouvelle loi posait des problèmes aux banques de sperme et à leurs clientes, pour qui le précieux liquide blanc était de plus en plus rare. Dans certains pays comme l'Australie, on obligeait désormais les donneurs à laisser leurs coordonnées pour le cas où l'enfant qu'ils auraient conçu exprimerait le souhait de les connaître, une fois atteint l'âge adulte.

Quand Carlos avait joint la banque de sperme avec laquelle il avait fait affaire, presque vingt ans plus tôt, la voix de son interlocutrice avait été compréhensive, quoique réservée. Lentement, il avait donné les dates et les lieux des dons, qu'il avait soigneusement notés et conservés à travers les années. Puis, il avait répondu à ses questions et donné de nombreux détails sur lui-même et sur sa famille, dans l'éventualité où ses enfants voudraient en savoir plus à son sujet.

« Je prends note de votre requête, monsieur. Nous allons faire des recherches. Pour l'instant, je ne peux rien vous garantir. Je vous ferai part de l'évolution du dossier dans quelques mois. »

Carlos avait donné les coordonnées du salon de massothérapie. C'est là que le secrétariat de la banque de sperme avait fini par l'appeler, plusieurs mois plus tard. « Selon mes registres, il y a eu deux demandes de renseignements à votre sujet. Ces deux enfants, un garçon et une fille, souhaiteraient vous rencontrer », lui avait-on dit.

C'est son frère que Leila avait joint en premier, à travers un site de retrouvailles d'enfants de donneurs inconnus, et grâce au numéro identifiant l'échantillon de sperme. Il s'appelait Simon. Mis en rapport par la banque de sperme, ils s'étaient d'abord parlé au téléphone. Le ton de leur échange avait été chaleureux, intrigué. Préparant la rencontre avec leur père, ils s'étaient donné des consignes précises. Pas de colère, pas d'accusation, juste saisir l'occasion pour observer, noter, en connaître un peu plus sur soi-même. Repartir le jour même, sans exigences précises. Tenter d'établir un lien.

Leila avait reconnu Simon tout de suite en

arrivant au restaurant où ils s'étaient donné rendez-vous. Elle eut un petit sursaut en s'aperce-
vant qu'elle le trouvait séduisant. Ses cheveux,
presque rasés, étaient plus pâles que ceux de
Leila, mais en y regardant bien, on retrouvait
dans son visage un peu de ses traits, le même des-
sin des yeux, les pommettes saillantes. Ils étaient
fébriles, nerveux, parlaient peu et gardaient tous
les deux le regard rivé sur la porte d'entrée du
commerce d'en face.

Carlos était sorti du salon de massothérapie
d'un pas lent. Il portait bien la veste noire qui
devait servir à l'identifier. Quand il entra dans le
restaurant, il vit sur un banc une jeune fille d'en-
viron dix-huit ans, la peau foncée, les yeux bridés, les cheveux noirs longs jusqu'aux épaules,
son petit corps comme perdu dans un vaste
manteau de cuir. À ses côtés, un jeune homme,
plus grand qu'elle, plus blond, mais les mêmes
yeux de charbon qui le regardaient d'un air surpris. Carlos se dirigea vers eux en silence. Quand
il arriva près de la table, il prit la main de chacun d'eux et prononça tant bien que mal :
« Bonjour. »

L'enfant

Elle l'avait remarqué depuis déjà un bon moment. Mais depuis combien de temps était-elle là, au fait, postée dans cette gare, comme dans un demi-sommeil ? Une heure, deux heures, peut-être trois ?

Il n'était pas seul. Ils étaient une bande, criaillant, tournaillant sur les rails ou sur le quai, comme des mouettes assiégeant un dépotoir, s'approchant des passagers, deux fois, trois fois, dix fois, toujours avec la même énergie. Après avoir quémandé de la monnaie, ils sautaient sur les banquettes, puis disparaissaient quelques instants, sans doute dans un repaire connu d'eux seuls, où s'accumulaient, comme un trésor, quelques pièces récoltées parmi des déchets récupérables et des boîtes de conserve vides. À un moment donné, un rat, un gros rat noir, indifférent à l'agitation ambiante, s'était hissé, au vu et au su de tout le monde, des voies du chemin de fer jusqu'au quai. Amélie avait tressailli. Mais elle avait l'habitude de l'Inde et, depuis le temps qu'elle arpentait ses gares, avait vu plus d'un rat passer sous son nez.

C'est au milieu de la nuit que l'incident survint. Il devait être trois ou quatre heures du matin. S'écartant un instant de son chapelet de copains, l'enfant s'approcha lentement d'un policier qui patrouillait la gare. Et en un éclair, alors que celui-ci avait le dos tourné, il lui mordit brusquement une fesse. Le policier cria.

Amélie se réveilla tout à fait quand le policier, furieux, leva son bâton dans les airs pour frapper l'enfant, en hurlant des injures en hindi. *Badmash! Badmash!* (Vilain! Vilain!) Sous les coups de bâton, le jeune avait perdu toute sa hardiesse. Maintenant, il regardait le représentant de l'ordre d'un air terrifié. Amélie voyait ses bras et ses jambes gigoter dans le vide pour se dégager de son emprise. Un hurlement d'enfant, terrifiant comme le cri d'un animal sauvage, s'éleva dans la nuit. La bande du petit, effrayée, avait subitement déguerpi.

Les cris avaient électrisé Amélie. Au bout de quelques secondes, elle était sur ses talons.

« Laissez-le! » cria-t-elle en anglais, emportée par l'indignation. « Laissez-le, il est avec moi! »

Le policier se retourna et regarda fixement cette étrangère. Il dit : « Il est avec vous ? » en s'avançant vers elle, tenant fermement l'enfant, qui roulait des yeux terrorisés. « Eh bien, dites-lui de rester calme », cria-t-il en poussant le petit vers Amélie.

Sans dire un mot, Amélie prit le bras de l'enfant, qui n'offrit aucune résistance. « Viens », lui dit-elle, toujours en anglais. Muet, encore tremblant de peur, le petit la suivit, à travers les amoncellements de bagages, les passagers assoupis sur le quai et les mendiants, jusqu'aux guichets où elle acheta un deuxième billet de train pour Agra. Elle s'arrêta ensuite à un kiosque pour acheter un muffin. Enjôleur, l'enfant fixait le sac, intéressé. Elle l'ouvrit, lui tendit le muffin. Il en engouffra la moitié en une bouchée, l'autre en une seconde bouchée. Amélie acheta un jus de fruits, qu'elle lui tendit. Il s'en empara aussi.

Et à la grande surprise d'Amélie, il se colla contre elle quand le train entra dans la gare dans un vacarme de ferraille. Et il la suivit sans dire un mot lorsqu'elle entra dans le wagon. Il s'assit près d'elle sur la banquette double qu'elle avait repérée. « Comment t'appelles-tu ? » lui demanda-t-elle en anglais. Gêné, il regardait ses sandales, des savates aux semelles à moitié arrachées, de la

59

même couleur de poussière que ses petits pieds crasseux. Il eut quelques secondes d'hésitation, comme tenté de rester muet. « Mitra », murmura-t-il enfin, la tête toujours baissée. Quel âge avait-il ? se demanda-t-elle. Six ans, huit ans ? Difficile à dire. Il était prématurément vieilli. Déjà, son visage, sali de suie, au fond duquel brillaient deux yeux noirs, avait perdu de son innocence. Plus tôt dans la nuit, elle avait remarqué sa démarche assurée, son pas audacieux. Il portait un chandail déchiré et percé et un pantalon sale. C'était un petit homme.

Amélie passa une main affectueuse sur ses cheveux noirs et lisses. « Relaxe, relaxe », lui dit-elle doucement. Elle lui massa le dos. « Relaxe, relaxe », dit-elle encore. Le corps du petit Mitra se décontracta d'un cran.

Quelques minutes plus tard, il dormait.

Amélie s'éveilla alors que le train entrait dans la gare d'Agra. Mitra était toujours assis près d'elle, le visage tourné vers la fenêtre pour regarder dehors. Quand le wagon s'immobilisa, il se tourna vers elle, lui sourit, et se leva pour la suivre. En sortant, elle s'arrêta encore pour acheter quelques provisions avant de héler un taxi. Le nom qu'elle donna au chauffeur était celui d'un hôtel renommé. Dans l'auto, tout le long de la course, Mitra garda les yeux rivés sur le sac de nourriture.

Le taxi s'arrêta devant un hôtel luxueux. En entrant dans le hall, Mitra continuait de suivre Amélie de près, la tête presque cachée dans sa jupe, comme pour se faire oublier. Assis sur l'un des luxueux sofas de l'hôtel, un homme en uniforme les attendait. Il se leva aussitôt à la vue d'Amélie et lui tendit la main.

« Bonjour Gorav, dit-elle en anglais. Le groupe de touristes devrait arriver demain. Nous serons huit en tout. »

Gorav la regardait d'un air curieux. Elle sentait Mitra se dandiner derrière elle.

Amélie hésita un moment, puis se lança. « Je suis avec un petit garçon, dit-elle. Je l'ai rencontré à la gare de Delhi. Il allait se faire matraquer par un policier. Il a faim, il est sale et il est fatigué. Je voudrais qu'il se repose quelque temps avec moi. »

Gorav sourit et baissa les yeux vers le petit, qui continuait de se cramponner à la jupe d'Amélie.

« Très bien, madame, dit le chauffeur, en s'inclinant devant elle, nous en prendrons soin. »

L'enfant demeura muet dans l'ascenseur. Lorsqu'elle entra dans sa chambre, il se faufila devant elle et alla s'asseoir contre le mur. Il croisa les bras sur sa poitrine sans cesser de la regarder, les yeux méfiants. Il frémissait comme un petit animal sauvage, à la fois farouche et intéressé. Il semblait hésiter entre la guerre et l'amitié. Brusquement, il se leva et marcha vers le sac de provisions qu'Amélie venait de déposer par terre. Elle l'ouvrit, en sortit des *bondas,* de petites patates rôties, et des *paobhaji,* des légumes avec du pain. Mitra s'approcha d'elle immédiatement. Il prit les denrées et retourna s'asseoir dans le coin pour les engloutir. Pendant un moment, elle n'entendit plus que le bruit de sa mastication. « Veux-tu prendre une douche? » lui demanda-t-elle doucement.

Concentré sur la nourriture qu'il avait dans la bouche, il ne lui répondit pas. Elle lui reposa la question, sans savoir s'il comprenait son anglais. « Douche? » Silence.

« Très bien, moi, je vais en prendre une, alors. »

En refermant la porte de la salle de bains derrière elle, Amélie eut l'impression de traverser une frontière. Sous le jet chaud de l'eau, elle retrouvait le luxe aseptisé de sa culture occidentale. Mais elle n'était plus seule. Dans la pièce d'à côté, quelqu'un l'attendait. Pour combien de temps ? Elle n'en savait rien. Avec un petit garçon indien dont elle ignorait tout sauf le prénom, elle était au début d'une histoire.

Depuis quelque temps, elle menait une vie presque nomade. Déracinée par le travail, mais aussi par choix, elle était de passage partout. Peut-être avait-elle laissé entrer ce chaos dans sa vie pour oublier qu'elle vieillissait dans une société où il est interdit de vieillir. Lorsqu'elle sortit, la chevelure dégoulinante et le corps enveloppé dans le peignoir de l'hôtel, elle ne vit que deux grands yeux qui la dévoraient en silence, sans interrogation, sans surprise. Deux yeux qui, au plus jeune âge, semblaient déjà avoir beaucoup vu de la vie, sauf la blancheur d'une paire de draps, ou encore le reflet de leur propre beauté. Il sourit.

Encouragée par la douceur passive de son protégé, Amélie s'approcha de lui.

« Parles-tu anglais ? »

Il répondit non de la tête.

« Pas même un peu ? »

Il fit non encore.

« Je vais téléphoner à mon amoureux », lui dit-elle quand même. Et lui tourna le dos avant de saisir le combiné à côté du lit.

À Montréal, il devait être huit heures du soir.

La sonnerie retentit longuement avant que l'on ne réponde à l'autre bout du fil.

« Allo ? »

En une seconde, la voix de Carl traversa la planète, roula sur l'océan, avec les orages et les nuages, gagna l'Europe, puis l'Asie, avant d'arriver avec une fraction de seconde de retard dans le téléphone d'Amélie, sans que Carl sache qu'au moment précis où il parlait, un petit garçon regardait le récepteur d'un air à la fois curieux et amusé.

« Allo Carl, c'est Amélie !

— Allo, dit encore Carl au bout du fil, d'une voix empressée et en même temps habituée aux coups de téléphone inattendus lancés par ses amours lointaines.

— Je suis à Agra. J'attends un groupe de touristes que je dois emmener à Varanasi. Il faut que je te dise. J'ai rencontré un garçon.

— Un garçon ! dit encore la voix de Carl, avant de s'éteindre dans un silence inquiet.

— Je sais, c'est complètement fou. C'est un petit garçon indien, qui était en train de se faire battre par un policier sur le quai de la gare. Je ne sais pas ce qu'il va devenir. Il faudrait que je lui trouve une famille. Je ne sais pas où. Au pire, je le garderai avec moi. Tu serais content, toi qui rêves de paternité.

— L'adopter ! »

Au bout du monde, le silence s'installa. Depuis le temps que Carl et elle entretenaient cette relation téléphonique, au gré de ses affectations aux quatre coins de la planète, Amélie avait appris à décoder un silence au téléphone, à en évaluer la profondeur, le sérieux.

« Ben oui ! L'adopter… Depuis le temps que tu m'en parles !

— Quel âge il a ?

— Je ne sais pas. Il ne parle pas anglais. Écoute, je te dis ça pour te tenir au courant, pour que tu saches… Pour l'instant, j'essaie seulement de le connaître un peu plus, de lui parler. Et de lui donner un peu de sécurité. Je te redonne des nouvelles de toute façon.

— J'espère. »

Une friture assourdissante envahit leur conversation.

« On se rappelle ?

— On se rappelle. Je t'aime.

— Je t'aime aussi. Salut. »

Dans la chambre d'Agra, un petit enfant indien s'était emparé du téléphone et tirait dessus en regardant Amélie en riant.

Carl et Amélie se connaissaient depuis des années. Jeunes, ils avaient beaucoup voyagé ensemble et un cocon s'était tissé autour d'eux. Couple à la fois hermétique et ouvert, il leur semblait que le monde glissait sur eux sans les blesser, ou tout au moins sans les séparer. Puis, Carl s'était trouvé un emploi stable à Montréal. Elle avait poursuivi ses activités en tourisme, et durant les longues semaines qui les séparaient, ils maintenaient cet amour au gré des décalages horaires et de ses affectations.

Au début, solidaires dans une forme de refus du monde, ils avaient fièrement échappé au moule social : travail, mariage, famille. Pourtant, périodiquement, le projet d'enfant avait refait surface, tantôt dans la bouche de Carl, tantôt dans la bouche d'Amélie. Mais leurs retrouvailles étaient trop courtes pour que l'idée en vienne à s'approfondir. Et le temps avait passé sur leurs corps, rendant le projet d'enfant, du moins d'enfant biologique, de jour en jour plus improbable. Aussi Amélie avait-elle décelé un brin d'espoir dans la voix de Carl, jusqu'à la fin de leur conversation téléphonique. Un espoir contredit par l'aspect pour le moins irréaliste de ce type d'adoption internationale. Il lui sembla refranchir l'Atlantique lorsque son regard se posa sur Mitra, qui continuait de la regarder en faisant tourner le fil du téléphone autour de son poignet.

Elle dîna avec Gorav et Mitra dans la salle à manger de l'hôtel. Recroquevillé sur sa chaise, Mitra mangea d'abord avidement tout ce qu'il y avait dans son assiette. Puis, il répondit brièvement aux questions que le chauffeur d'autobus lui posa en hindi. Amélie ne comprenait pas un mot de ce qu'il disait. Il lui semblait que, plutôt que des mots, Mitra poussait de petits cris.

« Il parle hindi. Il ne sait pas son âge. Il dit qu'il ne connaît pas ses parents. Il dit qu'il vit depuis très longtemps à la gare avec ses amis. Il dit qu'il veut bien rester avec nous et qu'il vous aime beaucoup », traduisit Gorav à Amélie, après quelques minutes de conversation avec Mitra.

Tous les trois finirent leur repas en silence, allongeant un *chai* dans le luxe désert de cet hôtel sans âme, alors que dehors, si près, des femmes indiennes faisaient des offrandes, des enfants inventaient des jeux dans les rues sales de la ville, des nourrissons criaient pour voir leur mère, des vieillards mouraient.

Mitra demeurait sagement assis sur sa chaise, comme si rien du tumulte extérieur auquel il était sûrement très habitué ne pouvait l'en arracher.

Dans l'après-midi, Amélie demanda à la réception s'ils n'avaient pas des jeux pour amuser les enfants.

On n'avait pas eu le temps de lui répondre que Mitra avait filé vers les cuisines. Quelques minutes plus tard, il revint s'installer devant l'hôtel avec quelques conserves réchappées des poubelles, quelques casseroles avec leur couvercle, et s'offrit un concert en différents tons, avec des effets vocaux dignes des meilleurs spectacles de rue d'Agra, où des chanteurs et des joueurs de tabla accompagnent des danseurs mimant les aventures de Krishna ou des épisodes du *Ramayana,* le grand récit mythologique hindou. Attirés par la fraîcheur du spectacle, des clients de l'hôtel, principalement des couples retraités, s'approchèrent de lui d'abord timidement, puis, gagnés par l'énergie débridée de l'enfant, l'entourèrent en lançant des pièces dans une conserve que Mitra avait déposée devant lui. Chaque fois que quelqu'un déposait une pièce, le petit garçon redoublait d'adresse et provoquait un éclat de rire dans l'assistance. Les piécettes tombaient alors de plus belle, et au bout de quelque temps, l'enfant-musicien avait déjà amassé un bon petit magot.

Le spectacle dura de longues minutes. Amélie était assise seule dans le hall de l'hôtel. Elle regardait Mitra de biais, tellement fascinée par son spectacle qu'elle n'entendit pas les pas de l'homme bien habillé qui s'approcha d'elle doucement.

Elle sursauta lorsqu'il lui dit en anglais : « Bonjour, vous êtes Amélie Durand ?

— Oui, bonjour, lui dit-elle en lui tendant la main machinalement.

— Je suis le directeur de l'hôtel. Est-ce que je peux vous parler quelques instants ?

— Oui, bien sûr, répondit-elle en lui faisant signe de s'asseoir, alors que Mitra poursuivait son numéro tout à côté.

— C'est vous qui avez amené cet enfant ici, lui dit-il, toujours en souriant.

— Oui, je l'ai rencontré à la gare d'Agra. Il se faisait battre par un policier. Je l'ai pris sous mon aile et il a accepté de me suivre jusqu'ici. Je voudrais lui donner un peu de réconfort, un peu de sécurité. Je ne sais pas encore très bien comment m'y prendre, dit-elle.

— Il y a beaucoup d'enfants perdus en Inde. Ils sont abandonnés très tôt par des familles incapables de subvenir à leurs besoins, ou ils fuient des foyers violents. Ils sont très débrouillards, dit-il en pointant le menton vers Mitra. Mais souvent ils deviennent très tôt dépendants des drogues et adoptent des comportements criminels.

— Avez-vous une idée de son âge ? » coupa Amélie.

L'homme eut un moment de réflexion. « Ils ont souvent l'air beaucoup plus vieux que leur âge, dit-il. Celui-là a peut-être six ou sept ans. À cet âge, ils sont parfois difficiles à réintégrer socialement.

— Nous partons demain », coupa Amélie une fois de plus, comme pour mettre un terme à la conversation.

— Très bien, prenez bien soin de vous », dit l'homme en lui serrant la main, avant de s'éloigner.

Quand vint le soir et qu'ils furent de nouveau attablés au restaurant, Amélie demanda à Gorav d'expliquer à Mitra qu'il dormirait dans la même chambre qu'elle. Le chauffeur parlait à l'enfant avec un mélange de douceur et de fermeté. Mitra l'écoutait avec beaucoup d'attention.

Il faisait nuit lorsqu'il gagnèrent la chambre. Sans un mot, Mitra se recroquevilla sur le tapis, entre les deux lits qui étaient à leur disposition, son bras replié sous sa tête. Laissant la lumière, Amélie lui montra le lit qu'elle lui avait réservé. Il la regarda longuement, puis se retourna sur lui-même, comme pour lui dire de ne plus le déranger, et s'endormit par terre. Lorsqu'elle éteignit la lumière, elle remarqua qu'il avait rangé sous lui les boîtes de conserve qui lui avaient servi de jeu et l'argent qu'il avait amassé. Elle lui dit bonne nuit en anglais, sans savoir s'il comprenait ce qu'elle disait. Durant la nuit, elle rêva d'enfants qui dansaient dans des wagons de train avant de disparaître par une porte et d'être happés sous les roues de la locomotive.

Le lendemain midi, le premier à entrer dans l'hôtel fut Jerry. Amélie ne le connaissait pas encore, mais elle avait repéré ce nom sur la liste des touristes qu'elle devait emmener à Varanasi.

Jerry était gros. Plus que gros même, obèse. Il trimballait vaillamment des kilos qui tombaient autour d'une ceinture pourtant étirée jusqu'au dernier cran, ce qui ne l'empêchait pas de porter sur toute chose un regard léger et alerte. Jerry avait aussi une voix de stentor, et quand son « Hello, I am Jerry Martel » retentit à la réception, Amélie sursauta du fond du hall où elle attendait le groupe avec Gorav et Mitra. Celui-ci avait bien dormi et semblait toujours parfaitement heureux de la tournure des événements.

Amélie se leva et alla à la rencontre de Jerry,

pendant que Gorav sortait faire le tour de l'hôtel avec Mitra.

« Bonjour, dit-elle en français, en lui tendant la main. Jerry Martel, n'est-ce pas ? Je suis Amélie Durand, votre guide. Vous pouvez prendre votre clé à la réception et monter à votre chambre. Les autres devraient nous rejoindre bientôt. »

Ils arrivèrent en effet dans l'heure qui suivit, les uns après les autres. Il y eut les Bourque, deux sœurs fraîchement retraitées, à l'allure athlétique, qui vivaient et voyageaient ensemble depuis leur jeunesse. Elle s'appelaient Jeanne et Caroline, se protégeaient l'une et l'autre du monde extérieur, et avaient fini par vivre plus ou moins en vase clos, malgré leur ambition de découvrir le monde, à travers des voyages organisés aussi peu compromettants que possible.

À leur suite arrivèrent deux jeunes hommes, Marc et Antoine. Ils s'étaient, disaient-ils, connus en Inde du Sud, alors qu'ils assistaient à un spectacle de kathakali. Marc avait étudié la danse indienne à l'Université à Montréal, alors qu'Antoine s'intéressait plutôt à la littérature. Depuis, ils ne s'étaient plus séparés, et avaient passé de longues soirées à tenir des conversations savantes et à boire jusqu'à ne plus y voir clair. En fait, de toute évidence, ils éprouvaient l'un comme l'autre une attirance pour les personnes du même sexe encore mal assumée, et se demandaient sans doute combien de temps ils allaient tenir encore sans s'embrasser.

Depuis leur brève conversation de la veille, le directeur de l'hôtel n'avait pas adressé la parole à Amélie, mais elle devinait aux regards qu'il lui lançait par-dessus le comptoir de la réception qu'il espérait son départ. Si le spectacle de Mitra avait eu le jour d'avant un succès incontesté, le directeur semblait ne pas souhaiter la présence d'enfants abandonnés dans son établissement, qui plus est s'ils se mettaient à demander l'aumône, même si c'était en échange de quelques cabrioles.

Le groupe de touristes qu'accompagnait Amélie devait partir le lendemain matin. Et alors que le compte à rebours était enclenché, la décision qu'elle avait à prendre concernant Mitra se faisait de plus en plus pressante. Elle l'avait pris sous son aile sans réfléchir, hantée qu'elle était depuis des années par la présence de ces enfants qu'elle observait dans les gares sales et encombrées de l'Inde. Mille fois, elle avait regretté de ne pas leur avoir donné quelques roupies, un regard, un câlin même. Cette fois, elle avait agi.

Lorsqu'elle était libérée de ses groupes et qu'elle voyageait seule, elle vivait au jour le jour, appréciant son aisance, alors qu'elle était entourée de misère. D'un enfant de la rue adopté dans l'urgence, elle s'était attendue à tout, à la rébellion, à la violence. Mais Mitra s'était jusqu'à présent montré étonnamment docile, profitant de ce que la situation lui apportait de confort et d'attention, et se prêtant volontiers au jeu de l'affection. Si jeune, il semblait moins surpris par les touristes que les touristes n'étaient surpris par lui. Habitué à la dure, il ne se plaignait pas pour l'instant de son déplacement, et semblait disposé, comme Amélie d'ailleurs, à voir ce que la vie avait encore à lui apporter.

Le soir même, une trentaine de minutes avant de passer à table, le jeune enfant avait repris ses conserves et ses casseroles et distrayait la nouvelle assemblée. Amélie s'ouvrit à Gorav de son intention de prendre Mitra avec le groupe dans l'autobus. L'homme eut d'abord un sourire plein de douceur. Un éclair de joie sembla briller dans ses yeux. Il se tut de longues secondes avant de retrouver son air impassible et de dire : « Et après le voyage, qu'est-ce que vous allez faire avec ? »

Amélie eut à son tour un sourire étrange. Mitra lui-même s'était-il jamais soucié de ce qu'il allait faire la semaine prochaine? Elle jaugea l'air occupé de l'enfant au-dessus de ses percussions de fortune, comme un petit homme d'affaires surveille le cours de son entreprise, petit être vulnérable et habile, habitué aux foules anonymes que crachent, des dizaines de fois par jour, les trains de Delhi, d'Agra ou de Varanasi.

« Qui connaît l'avenir? » répondit-elle simplement.

Gorav eut un geste évasif, comme pour appuyer le propos d'Amélie.

« Vous n'avez pas essayé de retrouver sa famille? » demanda-t-il encore.

Amélie le détrompa. La veille, en consultant Internet, elle avait repéré un organisme de bienfaisance qui travaillait avec les enfants de la rue d'Agra. On lui avait dit qu'il n'était pas possible d'identifier l'enfant qu'elle avait recueilli pour l'instant. De toute façon, lui avait-on dit, l'organisme ne visait pas nécessairement à rendre les enfants de la rue à leur famille d'origine, à moins qu'ils ne le demandent. On leur offrait plutôt des ateliers et des formations ainsi que des gîtes aux abords de la gare pour les encourager à réintégrer la société.

Pour ce qui est de l'adoption internationale, Amélie savait que c'était hors de question.

D'abord, cet enfant déjà âgé, déjà fragilisé par le déracinement, qui ne parlait pas anglais, pourrait réagir très mal au choc culturel. Et secrètement, Amélie savait que sa propre vie de bohème n'était pas propice à l'adoption, ni même à la maternité en général. L'adoption locale était favorisée par l'organisme de charité, mais plus ou moins probable. Il y avait 44 millions d'enfants abandonnés en Inde, et 12 millions d'orphelins. Officiellement, seulement 5 000 d'entre eux avaient été adoptés au cours de la dernière année. Toutes les gares de l'Inde étaient peuplées d'enfants perdus. Et si ces enfants faisaient preuve généralement d'une débrouillardise bien au-dessus de la moyenne, ils étaient aussi réputés pour s'être initiés très tôt aux drogues et à la criminalité. Comme l'avait souligné le directeur de l'hôtel, plus ils avançaient en âge, plus leurs perspectives de placement diminuaient, si toutefois on réussissait à les garder dans un orphelinat un certain temps.

Après avoir passé en revue ces quelques éventualités, Amélie avait raccroché. Mitra était en vie. Il avait survécu, sans qu'elle sache de quel enfer il s'était échappé ni quels bas-fonds il avait déjà visités. Et elle, avec son éducation, son aisance, sa mobilité. Elle, avec ses quarante-cinq ans bien sonnés, elle ne pouvait pas l'aider ?

« Nous ne considérons pas l'adoption comme un acte de charité », entendait-elle encore dire la responsable de l'organisme qu'elle avait contacté.

À deux pas d'Amélie et de Gorav, le spectacle de Mitra venait encore de déclencher un tonnerre d'applaudissements. Mais c'était le temps de passer à table, et Amélie choisit ce moment pour aviser le groupe de son projet.

Elle s'assit près des sœurs Bourque. Il lui semblait que ces femmes, avec leur douceur patinée par les années, seraient plus ouvertes à son idée, et l'encourageraient dans sa proposition. Elle croyait aussi que le projet tenterait Jerry Martel, qui malgré ses manières brusques, avait sûrement la fibre sentimentale, en plus du goût de l'aventure et de la nouveauté. Quant à Marc et Antoine, ils semblaient si fascinés l'un par l'autre qu'Amélie doutait qu'ils s'intéressent beaucoup au sort de Mitra.

Elle les présenta les uns aux autres. « Bonsoir, j'espère que vous avez passé une agréable journée et que vous avez eu le temps de discuter », dit-elle. Lorsqu'elle arriva à Mitra, qui avait en peu de temps complètement maîtrisé l'art de se tenir à table, elle dit : « Et voilà Mitra, que vous avez peut-être eu l'occasion de rencontrer aujourd'hui. Je l'ai moi-même rencontré à la gare de Delhi, où il vivait avec des amis. Je voulais le protéger de la violence policière dont il était victime. Il a accepté de me suivre jusqu'ici, et je vous demande la permission de le laisser faire le voyage avec nous. Même s'il ne parle ni anglais ni français, je suis sûre qu'il égayera beaucoup notre voyage. »

La petite assemblée devint subitement silencieuse, comme gênée de voir une incarnation de la misère assise à sa table, sous la forme angélique d'un enfant. Amélie avait parlé en français, qui était la langue d'usage de ce groupe de touristes québécois. Et aucun membre du groupe n'osa s'opposer ouvertement à la présence d'un passager supplémentaire parmi eux.

Conscient que l'on parlait de lui, Mitra regardait fixement le plancher. Et quand Gorav se pencha pour saisir l'expression de son visage, il vit que l'enfant s'enfonçait furtivement un bout de chiffon dans la bouche.

Le chauffeur avait souvent vu des enfants de la rue mâchouiller ces tampons de dendrite, près de la station de taxis où il travaillait, à Mumbai. Les enfants appréciaient cette drogue. Ingérée avec du *pan masala,* elle agissait comme coupe-faim. Aussi, les vendeurs de *pan,* et même les vendeurs de thé des gares, en tenaient sur leurs étalages, connaissant la dépendance des enfants et le marché potentiel qu'ils représentaient.

« Nous partons demain matin en minibus avec notre chauffeur Gorav, en direction de Varanasi, dit encore Amélie, détournant du coup Gorav de ses pensées. Nous nous donnons rendez-vous à sept heures, avec les bagages faits, dans le hall de l'hôtel. »

Amélie sortit de table dès que les convenances le lui permirent.

Dans le jardin de l'hôtel, elle huma l'air du soir et jouit un instant de ses derniers moments de liberté avant le voyage.

À l'endroit même où il avait donné un peu plus tôt un spectacle de conserves et casseroles, Mitra était assis seul. Amélie imaginait ses yeux noirs dans l'obscurité.

« Miss », risqua-t-il en anglais lorsqu'elle passa devant lui. « Miss », lui dit-il en courant vers elle avant de l'agripper par la jambe et d'enfouir sa tête dans sa jupe. Puis, il baragouina quelques mots en hindi, qu'Amélie ne comprit pas.

Quelques minutes plus tard, ils rentraient tous les deux à l'hôtel, dans un silence complice, Mitra tenant Amélie par la main, un sourire heureux sur le visage.

Mitra coucha une seconde nuit sur le plancher de la chambre d'Amélie, boudant le lit frais qui s'offrait à lui. Avant de dormir, il accepta de faire un tour sous la douche, d'abord de façon circonspecte, puis, une fois sous le jet, criant à la fois de plaisir et d'effroi, avant de s'enfouir avec étonnement dans les serviettes moelleuses de la salle de bains, puis dans un tee-shirt d'Amélie. Amélie profita de l'occasion pour faire laver les vêtements de Mitra à la buanderie de l'hôtel. Lorsqu'il sortit de la douche, elle entrevit sous la serviette un corps trop maigre, aux os saillant sous la peau, déjà marqué de quelques cicatrices, dont des traces rouges sans doute laissées par la matraque policière des derniers jours. Le lendemain matin, quand son linge propre et frais fut de nouveau disponible, il le regarda longuement, le porta à son nez, avant de l'enfiler en tentant d'éviter le regard d'Amélie.

Année après année, Amélie avait guidé à Varanasi des groupes d'Occidentaux, dont les réactions à l'égard de la ville sacrée, où les hindous souhaitaient mourir pour accéder à la libération du karma, ou encore se baigner dans le Gange pour laver leurs péchés, avaient été des plus variées. Amélie s'y voyait comme une sorte de passeuse entre les cultures, tentant d'aplanir le choc qui les divisait, tout en respectant les limites de l'une et de l'autre. Elle-même continuait d'ailleurs d'apprivoiser cette ville qui exhalait toujours pour elle le mystère et l'exotisme, qui sentait la mort tout en célébrant la vie.

Arrivé le premier dans l'autobus, le matin du départ, Mitra prit place au fond et s'installa précautionneusement avec les casseroles et les conserves que la cuisinière de l'hôtel lui avait données. Advenant une pause de l'autobus, il serait toujours possible de tenter de gagner quelques roupies dans la rue grâce à son art. Et il n'était pas exclu non plus que les passagers mêmes de l'autobus lui présentent une demande spéciale pour un petit spectacle durant le trajet.

Amélie, qui s'assoyait toujours en avant pour pouvoir s'adresser au groupe, observait Mitra du coin de l'œil, à la fois émue et choquée par sa débrouillardise et son indépendance. Entre eux, une ambiguïté s'était installée. Ils vivaient une sorte d'affection mêlée de méfiance, maintenant la distance nécessaire qui leur permettrait un jour de se laisser, sans autre forme d'adieu, si la vie venait à les séparer. Le mutisme forcé qui les unissait, puisqu'ils ne parlaient pas la même langue, permettait d'ailleurs cette équivoque, favorisant les contacts physiques qui disaient cette affection et bannissant les promesses qui les auraient menés plus loin qu'ils ne voulaient aller dans l'engagement.

Du groupe, seul Gorav pouvait tenir des conversations suivies avec Mitra, en hindi. La veille, il lui avait expliqué que le groupe mettait le cap sur Varanasi. Mitra avait paru indifférent à cette annonce. Quelle différence pouvait-il trouver entre une ville et une autre ville, lui qui n'en avait connu que les gares? Il avait confié à Gorav qu'il venait du petit village d'Orccha et qu'il avait fui un père violent et une famille de toute façon trop nombreuse pour subvenir à ses besoins. Il s'était d'abord installé à la gare du village, avait appris à mendier, puis à faire des numéros pour attirer l'attention des passants, et, un jour d'audace, avait pris le train pour Delhi en compagnie d'un garçon plus grand que lui.

Quand Gorav lui avait demandé s'il comptait rentrer chez lui, Mitra avait répondu « non » en secouant la tête. Leur conversation s'était arrêtée là.

Sur la route de Varanasi, le groupe s'arrêta une nuit à Lucknow; plusieurs étaient à peine sortis de l'hôtel, effarouchés par l'extrême pollution des lieux et le bruit des scooters qui emplissait la nuit. Ils faisaient entrer l'Inde par bouffées par la fenêtre de leur chambre, et ils écoutaient sa musique, du haut de leur balcon, comme on regarderait bouillir une marmite de sorcière. Mitra avait une fois de plus animé la soirée de ses casseroles et conserves dans le hall de l'hôtel, et Amélie avait décelé dans ses yeux un certain attendrissement lorsqu'il regardait les touristes. C'étaient eux qui avaient le pouvoir, eux qui avaient l'argent, elle qui lui offrait le gîte et le couvert. Mitra le savait et il se pliait docilement à leur volonté, peut-être heureux, se disait Amélie, que jusqu'à présent on n'exige pas plus de lui que ces numéros de foire.

L'arrivée à Varanasi provoquait toujours son petit effet sur les groupes de touristes. Amélie avait pour pratique de ne pas organiser de sortie supervisée le premier jour, pour permettre aux arrivants de découvrir à leur rythme cette ville mythique, avec ses horreurs et ses charmes.

Marc et Antoine étaient partis seuls, très tôt le matin. Ils avaient loué un petit bateau pour naviguer sur le Gange à l'aube, et observer la lente marée des hindous qui viennent s'y baigner pour laver leurs fautes, vénérant cette eau pourtant noire, qui charriait les corps qu'on y a jetés sans les brûler, selon le statut des âmes qu'ils avaient hébergées. Si la tradition veut en effet que les corps des défunts soient incinérés avant que les cendres ne soient dispersées dans le fleuve, les plus pauvres des hindous ne peuvent pas toujours payer les frais de crémation. Et les textes sacrés interdisent de brûler les lépreux, les personnes ayant été mordues par un serpent, les saints (sadhous) et les animaux. Leurs corps sont donc simplement jetés dans le fleuve. Certaines personnes croient encore que l'eau du Gange ne peut pas être polluée, peu importe ce qu'on y jette. Amélie avait souvent dû composer avec des touristes choqués par ces rites hindous, au cours de ces voyages éclair qui ne laissaient pas suffisamment de temps pour se frotter à la culture indienne, pour adopter son rythme.

Les sœurs Bourque avaient opté pour une visite de temples, dans une banlieue où étaient réunis des monuments érigés à toutes les grandes traditions religieuses, du bouddhisme à l'hindouisme, en passant par l'islam et le christianisme.

Gorav avait une fois de plus réussi à avoir une conversation privée avec Mitra, et les deux Indiens avaient pris congé d'Amélie avec des airs mystérieux. Mais Amélie avait fait quelques pas à leur suite en sortant de l'hôtel, à leur insu, pour constater que son chauffeur et le petit garçon se dirigeaient d'un pas rapide vers la gare de la ville.

À l'heure du petit-déjeuner, ne restait donc plus à l'hôtel que Jerry Martel, débordant de graisse et de bonne volonté, éternel esseulé prêt à tous les compromis, à toutes les gentillesses, pour un peu de compagnie. Subitement privée de la présence de Mitra, Amélie, qui l'avait à peine quitté depuis leur rencontre insolite à la gare de Delhi, fut prise d'une violente angoisse. Qu'allait-il arriver à cet enfant qu'elle avait pris en charge dans un élan de folie ? Qu'allait-il lui arriver à elle, qui, année après année, s'obstinait à travailler en terre étrangère, loin de tout ce qui lui ressemblait, au point d'en ressentir une solitude affreuse, qui la surprenait parfois au détour d'une rue, comme un vent qui lui aurait glacé le sang, lui rappelant qu'elle était, en dehors de Carl qu'elle rejoignait de loin en loin au bout d'un fil, pratiquement seule au monde ?

Sortant de ses pensées, Amélie apprécia soudain la présence bonhomme du mastodonte et lui proposa doucement une balade sur les quais de la ville. Il accepta avec empressement.

Quand Mitra revint à l'hôtel aux côtés de Gorav, Amélie lui trouva l'air absent. Elle se risqua à demander à son chauffeur où ils étaient allés. Gorav ne répondit pas tout de suite. Ce n'est qu'au repas, alors qu'il était assis près d'elle, qu'il lui expliqua ce qui était arrivé. Le petit garçon lui avait demandé de lui procurer de la dendrite, cette drogue qui l'empêchait de ressentir la faim et qu'il avait commencé à consommer alors qu'il fréquentait la gare de Delhi. Quand Gorav lui fit cette aveu, Amélie se sentit plus seule, plus loin de l'univers de Mitra que tout ce qu'elle avait pu imaginer, et, par conséquent, il lui sembla plus improbable encore qu'un jour elle devienne sa mère.

Survint entre Gorav et elle un silence de plusieurs minutes, qu'Amélie rompit pour demander brusquement : « Est-ce que vous vous sentez capable de vous occuper de lui ? »

Gorav la regarda comme s'il ne comprenait pas le sens de sa question.

« Est-ce que vous vous sentiriez capable de vous occuper de Mitra, comme un père ? »

Gorav regarda Amélie avec un léger sourire. Et elle se demanda d'abord si, dans ce sourire, il n'y avait pas une pointe de condescendance. Mais ce sourire s'étira doucement pour ne plus exprimer qu'une sorte de joie puérile, une de ces jubilations impossibles à réprimer, qui nous submergent malgré nous.

« Je veux bien essayer. Je n'ai que deux filles, et ma femme est âgée maintenant pour avoir un autre enfant. Elle serait heureuse d'avoir un garçon », dit-il simplement.

Le reste de la semaine se poursuivit à Varanasi sans heurts. Amélie avait essuyé les habituelles sautes d'humeur des touristes, aux prises avec des problèmes intestinaux liés au changement de nourriture, ou tout simplement avec le choc culturel de cette Inde grouillante, odorante et surpeuplée.

Gorav avait sans doute parlé à Mitra de son projet d'adoption, car le petit garçon s'était un peu éloigné d'Amélie, et avait même demandé de partager la chambre du chauffeur, dans l'hôtel qu'ils occupaient à Varanasi. Amélie avait accepté, se disant qu'il était sans doute préférable pour lui d'approfondir le plus tôt possible ses liens avec sa famille d'accueil.

En fait, au cours de la semaine, Amélie s'était montrée de plus en plus distante avec tout le monde. Elle rentrait dans sa chambre tôt le soir, et tenta vainement, plusieurs soirs d'affilée, d'obtenir la communication avec Montréal.

« Salut, entendit-elle enfin dans le combiné, après une énième tentative.

— Carl, j'ai décidé d'annuler mon prochain

groupe, dit-elle tout de suite. Je rentre à Montréal la semaine prochaine.

— Ah bon. Et le petit ? demanda Carl simplement.

— Le petit reste ici. Je lui ai trouvé une famille d'accueil », dit-elle.

À Delhi, Gorav avait présenté sa famille à Amélie. Il avait une femme souriante, accueillante, qui avait reçu Mitra les bras ouverts sans lui poser de questions. Les deux filles aînées, Devi et Geeta, l'avaient longuement examiné, puis avaient démontré de bonnes dispositions à son égard. Gorav, surtout, semblait heureux de cette nouvelle adoption, entourant constamment Mitra de ses soins, de son regard, de son enthousiasme.

Mitra, comme toujours, laissait filer le temps, profitait de ce qui se présentait, s'accommodait des événements. Il semblait éprouver pour Gorav une amitié sincère.

Amélie écourta les adieux.

Dans le scooter qui l'amena à l'aéroport, elle fut assaillie par un groupe de lépreux qui lui demandaient l'aumône. Elle souffrit de les regarder s'éloigner. Quand elle retrouva Carl à l'aéroport de Montréal, elle pleurait sans vraiment pouvoir s'expliquer pourquoi.

Elle communiquait régulièrement avec Gorav par courriel. Il lui donnait des nouvelles de Mitra. Il l'avait inscrit à l'école, où il montrait de bonnes aptitudes scolaires et sociales. Il consommait de moins en moins de drogue et s'entendait bien avec ses sœurs d'adoption.

Durant tout un mois, Amélie reçut de lui des nouvelles positives et encourageantes. Un jour, un courriel arriva à une heure différente des autres. Mitra avait demandé à Gorav de le laisser retourner vivre à la gare de Delhi, d'où il était venu. Il lui transmettait ses amitiés et ses remerciements.

La gardienne

Frédérique ne savait pas à quel âge elle avait connu Mia. C'était sans doute un âge où l'on ne sait pas son âge, où l'on arrive dans la vie complètement frais, sans calcul, sans idées même. Chose certaine, elle l'avait connue à un âge plus jeune encore que ses souvenirs lui permettaient de se le rappeler. Pas que Mia ait toujours été là, non. Elle allait et venait dans la maison, disparaissait parfois pour de longues périodes. Mais Frédérique n'aurait pas pu dire à quel moment Mia était entrée dans sa vie.

C'était en tout cas l'âge où on ne demande qu'à rire. Où il suffit de secouer les jambes dans les airs, d'une comptine un peu enlevée, d'une partie de cache-cache improvisée pour provoquer des cascades de joie qui semblent venir des anges. Parfois, Mia était fatiguée, et elle usait alors de toutes les ruses pour amener Frédérique à se coucher à côté d'elle sur le lit. Et il semblait bien à Frédérique que c'était Mia qui profitait le plus de cette petite sieste dans la journée puisqu'elle, animée de l'insatiable curiosité de l'enfance, aurait encore passé des heures à jouer.

C'était avant que Frédérique ne sache qu'il y avait des vies en dehors de sa vie, avant qu'elle ne se rende compte que l'existence ne tournait pas entièrement autour d'elle.

Et à mesure que le champ de sa conscience s'agrandissait, les renseignements qu'elle obtenait sur Mia se précisaient.

Elle avait fini par comprendre qu'elle habitait un autre quartier, bien loin de chez elle, qu'il fallait prendre l'autobus et le métro, ou une voiture, pour s'y rendre. Un jour où les parents de Frédérique avaient sans doute demandé à Mia de la garder pour quelques jours, Frédérique avait pris l'autobus avec Mia pour y aller. Dans ce quartier, contrairement à chez elle, les voisins parlaient français. Ils se retrouvaient aussi souvent dans la rue durant de longues heures, les petits, les jeunes, les vieux, tout le monde réuni, comme si tous appartenaient plus ou moins à la même famille, sans ces grandes clôtures, ces murailles qui entouraient les maisons de certains voisins autour de chez Frédérique.

Plus tard, bien plus tard, Frédérique apprendrait qu'elle venait en fait d'un quartier beaucoup plus aisé que Mia. Que les terrains gazonnés qui entouraient les maisons de son quartier faisaient l'envie de ceux qui n'avaient pour terrain de jeu que la rue. À l'époque, Frédérique appréciait la promiscuité, et quand elle passait quelques jours chez Mia, elle se sentait complètement prise en charge par les voisins, aimait entendre la voix de la dame d'à côté tonner toute proche du balcon mitoyen, sans que personne y trouve rien d'anormal, comme si toute la rue n'était en fait qu'une grande maisonnée.

Frédérique ne s'étonnait pas de voir le frère de Mia rentrer seul, le soir, souvent saoul, au point de finir la soirée la tête au-dessus d'un seau, à vomir. Elle ne tentait pas de comprendre les reproches que Mia lui faisait tout bas. Le mari de Mia, quant à lui, avait travaillé dans une fabrique de bonbons. Depuis, il avait perdu son emploi.

Ce que Frédérique préférait chez Mia, c'étaient les parties de cartes. Celles où tous les voisins participaient, fumaient autour de la table et parlaient fort en lançant de l'argent au milieu du jeu. Dans le brouhaha, Mia entourait toujours Frédérique de ses soins comme si elle était une poupée de porcelaine, la couvrait d'attentions, s'assurait qu'elle mangeait et qu'elle dormait bien, même si Frédérique insistait pour veiller tard dans la nuit.

Frédérique aimait cette animation de cuisine, la préférait aux soirées feutrées de sa maison, où son père allait et venait en silence, l'air préoccupé, tandis que sa mère faisait marcher les machines, celle pour laver la vaisselle, celle pour laver le linge, avant de se retirer dans sa chambre pour lire et dormir.

Mia disait que son rêve, c'était d'aller vivre à la campagne. Avec ses économies, elle avait même acheté un petit bout de terrain, près d'un lac, et pas très loin de la ville.

En attendant d'y construire une maison, elle cultivait un jardin où poussaient des haricots, des carottes, des tomates, qu'elle rapportait ensuite en ville comme des trésors volés à la terre.

Chaque année, avec les produits de la pêche des gens de son voisinage, elle faisait une immense gibelotte, et tous les voisins chantaient et dansaient autour d'une marmite fumante jusque tard dans la nuit.

Qu'il y ait eu des malheurs ou des bonheurs qui tombent sur ce petit logement du centre-sud de Montréal, il semblait à Frédérique que cela n'avait jamais d'incidence sur Mia, sur son sourire quand elle lui parlait, sur le soin qu'elle mettait à s'occuper d'elle. Il y avait Mia et sa douceur, et c'était l'essentiel.

Mia n'avait pas d'enfants. Frédérique ignorait si c'était parce qu'elle ne pouvait en avoir. Elle n'aurait jamais osé lui poser la question. C'était une information trop intime pour elles, qui partageaient tout, en fait, du moins tout l'univers de Frédérique, mais qui n'étaient pas unies par les liens du sang. Frédérique et Mia ne se faisaient pas ce type de confidence. Frédérique était à l'âge où on lui donnait tout et elle se contentait de recevoir, heureuse, comblée.

Une décennie plus tard, Frédérique ne sentait plus rien en elle de cette admiration confiante qu'elle avait éprouvée pour Mia. En fait, elle en était même venue à éprouver envers celle-ci une certaine hostilité, pas aussi grande que celle qu'elle ressentait envers son père et sa mère, mais une sorte d'agacement, de mépris pour ce paquet de tendresse, elle qui voulait se durcir comme une amazone pour faire face à la vie. Frédérique commençait à boire, à fumer, à consommer des drogues à l'occasion. Elle s'intéressait aux garçons et les garçons s'intéressaient à elle. Dans son groupe d'amis, elle était sans doute à la fois la plus désirée par le sexe opposé et la plus facilement abandonnée, à la fois belle et effrayante, obsédée par le désir de plaire et affolée à l'idée d'être répudiée.

Pour Frédérique, Mia portait le regard encombrant de l'enfance sur l'adulte qu'elle était en train de devenir.

Un soir, elle avait laissé un garçon s'attarder plus longtemps que d'habitude à côté d'elle, sur le divan du sous-sol de la maison de ses parents. Allongée près de son premier amant, Frédérique avait sombré avec lui dans un sommeil profond, alourdi par les quelques bouffées de haschich qu'ils avaient inhalées avant de faire l'amour.

C'était le matin quand elle s'était éveillée, juste à temps pour entendre des pas furtifs remonter l'escalier, et trouver à côté d'elle le reste d'un joint de hasch dans un cendrier fraîchement lavé. Quelques jours plus tard, après l'heure du souper, le père de Frédérique était sorti de son mutisme pour l'interpeller doucement.

« Mia m'a dit que Louis avait passé la nuit en bas avec toi.

— Oui, lui répondit-elle. As-tu quelque chose à dire contre ça?

— Non, rien », avait répondu son père évasivement, avant de retourner sans dire un mot au sombre pays de ses pensées.

À partir de ce moment, Frédérique n'avait

plus toléré la présence de Mia autour d'elle. Elle s'était à peine formalisée quand sa mère lui avait annoncé que Mia ne travaillerait plus chez eux. Pas de larmes, aucun adieu.

Mia avait quitté sa vie par la petite porte, avec les derniers relents de l'enfance, avec les jeux que les parents donnent à d'autres sans que les enfants sachent jamais où ils ont disparu, avec les robes et les pantalons devenus trop courts, avec ce cocon chaleureux qui place les enfants à l'abri des maux du monde et des angoisses des grands, dans une sorte d'optimisme irrationnel mais pourtant nécessaire à la marche et à la reproduction, aveugles, du monde.

Frédérique était devenue une adulte.

C'était à ce moment, lui semblait-il aujourd'hui, qu'elle avait vraiment connu son père. Enfin, son vrai père. Pas celui qui se pliait à des parties de quatre, cinq, six ou de Mille Bornes avant de sombrer dans des siestes interminables.

Pas celui pour qui elle enfilait ses robes l'une après l'autre, dans une espèce de défilé au beau milieu du salon, au cours duquel il était tenu d'apprécier et d'applaudir les tenues de sa petite fée. Un père adulte lui-même.

Comme si, brusquement, la vie avait retiré le drap qui recouvrait sa souffrance, révélant du coup à Frédérique un homme amoindri, vulné-rable, rongé par les soucis et usé par l'alcool, n'osant même plus les incroyables colères qui l'avaient autrefois rendu si effrayant à son enfant. Et soudain, cet homme qu'elle avait tant craint faisait presque pitié à Frédérique, qui, si elle lui demandait toujours conseil lorsqu'elle traversait des périodes de crise, tentait de plus en plus de percer ses secrets à lui.

Un soir, bien des années après que Mia eut disparu de sa vie, son nom était revenu hanter une de leurs conversations. Peut-être que ce soir-là le père de Mia avait bu plus que d'habitude. Peut-être voulait-il l'atteindre plus que d'habi-tude, comédien mal assuré en manque de public.

« Tu m'en veux sans doute, tu m'en veux ? disait-il, le regard agité, et l'élocution ralentie par l'alcool.

— Pourquoi je t'en voudrais ? demandait Frédérique, les bras croisés, se protégeant d'une éventuelle attaque.

— Peut-être que tu m'en veux d'avoir cou-ché avec ta gardienne quand tu étais petite. »

C'était comme si un coup de feu avait été tiré dans un autre monde, quelque part où Fré-dérique n'allait plus jamais, un monde de jeux et d'innocence, qui ne connaissait pas la nuit.

Frédérique avait décroisé les bras mais n'avait rien dit. Et lorsqu'elle était allée se coucher ce soir-là, elle avait laissé les mots de son père derrière sa porte close, pour qu'ils ne puissent pas l'atteindre dans son sommeil. Mais le mal était fait. Frédérique était touchée. Et cette nuit-là plus que jamais elle regretta de n'avoir pu tisser autour d'elle une véritable armure, comme celle qui semblait mettre sa mère, si calme, si lointaine, à l'abri de tous les maux.

Frédérique et son père avaient dépassé depuis longtemps l'endroit où ils auraient pu se rencontrer, elle et lui. Mais à la réflexion, elle comprenait que c'était peut-être autour de Mia, dans les bras de Mia, chacun leur tour, qu'ils avaient été le plus proche l'un de l'autre. Lui parce qu'il aimait retrouver, flottant autour d'elle, l'ambiance joyeuse de ces quartiers populaires dont il était issu, mais qu'il avait finalement quittés, à coups d'études chèrement payées. Peut-être avait-elle été le seul lien qui entretenait le contact avec ses origines à lui, qu'il avait tenté autrement de fuir par tous les moyens. Peut-être arrivait-il, à ses côtés, dans ce lit même où elle avait vu ses parents tant de fois allongés, à retrouver l'odeur de sa propre enfance, celle des tartines de moutarde des temps de crise, des gros mots lancés aux passants dans les rues, des traces de souliers boueux sur le parquet fraîchement lavé par la sœur aînée?

Quoi qu'il en soit, aujourd'hui, ces fantômes, qu'il avait convoqués autant qu'il les avait chassés, semblaient bel et bien l'avoir déserté. Ne restait plus dans cette maison ce soir-là que deux adultes gênés par leur silence. Et Frédérique avait clairement vu dans les yeux de l'homme qui lui parlait tomber le voile terne de la mort.

Aux funérailles de son père, quelques années plus tard, Frédérique avait cherché la silhouette ronde de Mia, à travers ses propres larmes, dans la foule des tantes éplorées, des amis défaits, des cousins empressés. Elle s'était demandé si cette absence était faite d'ignorance, de malaise ou d'indifférence.

Puis, le temps avait passé. La vieille maison où Frédérique avait vécu son enfance avait été vendue. Frédérique était désormais de toutes les rues, de tous les quartiers, de toutes les villes, de tous les pays.

Le centre-sud de Montréal, où Mia avait habité, s'était peuplé de jeunes couples aisés sans enfants, qui rénovaient les anciens logements à prix modiques pour en faire de coûteux et luxueux condos.

Lorsqu'il lui arrivait d'arpenter ce quartier de la ville, Frédérique se demandait parfois si elle avait rêvé la voix tonnante de la voisine, les fêtes autour de la marmite de gibelotte et les parties de cartes jusque tard dans la nuit.

Un enfant était né, qui levait vers Frédérique un regard plein de lumière. À son tour, il découvrait son corps, sa maison, son quartier. Il lui fallait une enfance, des jeux, des rires, des cris.

Frédérique avait dépassé le mitan de la vie lorsqu'elle s'était décidée à faire cette recherche. Sur Internet, elle avait épluché les annuaires téléphoniques à la recherche de Mia Barbeau. De temps à autre, elle tombait sur un avis de décès et scrutait avec insistance la femme qui souriait sur la photo. Avec attention, elle y cherchait un trait familier, une expression, un éclair dans les yeux.

Un jour, elle avait même pris le téléphone, avait composé un numéro trouvé dans l'annuaire téléphonique à côté de l'inscription « Mia Barbeau ». La voix qui avait répondu, à l'autre bout du fil, était cassée, usée.

« Vous êtes Mia Barbeau ? avait demandé Frédérique.

— Oui, avait répondu la voix tremblante.

— Vous souvenez-vous d'avoir gardé une

petite fille nommée Frédérique Pauzé, il y a très longtemps ? »

La voix avait hésité quelques instants.

« Non, avait-elle finalement répondu.

— Vous êtes sûre ?

— Oui », avait répondu la voix, comme à regret.

À ce jour, les recherches de Frédérique demeuraient vaines. Mais elle ne baissait pas les bras. Chaque matin, elle interrogeait le ciel, les villes, les forêts. Elle scrutait les journaux, dévisageait les vieilles femmes dans le métro. Elle ne désespérait pas d'y retrouver, enfoui quelque part dans un regard éteint, un coin d'enfance pour se réfugier.

La mémoire interdite

C'était la vieille qui était arrivée la première. Elle était descendue de l'autobus, un sac rempli de vêtements sous le bras. Elle marchait, d'un pas lent, indifférente aux regards qui pesaient sur elle, tout à son affaire. On l'avait vue prendre une chambre à l'hôtel, sortir une chaise berçante au balcon et s'y s'installer en marmonnant pour elle-même, dans une langue que personne ne comprenait. Si on avait voulu lui parler, elle n'aurait pas répondu. Elle était seule, coupée du monde.

Ensuite, les deux hommes étaient arrivés. Au coup d'œil, on pouvait se demander s'ils étaient frères, en comparant la couleur de leurs cheveux, d'un noir luisant. Mais ils étaient aussi très différents l'un de l'autre. L'un, bien nourri, tiré à quatre épingles, sûrement habitué au grand monde et à ses usages. L'autre, maigre, le teint jauni, le regard creux. Ce jour-là, pourtant, ils marchaient du même pas empressé, également tendus vers la petite femme qui les attendait, assise tranquillement sur le balcon d'un hôtel de la ville, à marmonner des mots qu'eux-mêmes, ses fils, ne comprenaient plus qu'à peine.

Leur sœur, elle, était là depuis le matin. Elle avait passé toute la journée avec le maire, ses conseillers et l'ordonnateur des pompes funèbres. Les gens de la ville l'avaient vue allant de la mairie au salon funéraire, marchant d'un pas rapide, oublieuse des regards qui collaient à son dos comme des ombres. Maintenant, elle attendait les autres, au cimetière qui bordait l'église. La petite cérémonie que la sœur, les deux frères et la mère s'apprêtaient à célébrer les ramenait des années en arrière, quelque part derrière un grand mur qui cachait une mémoire à demi rongée par le temps. C'était leur passé, un monde devenu inaccessible, prisonnier au fond d'eux-mêmes. C'était un univers qu'ils ne visitaient plus jamais, dressés qu'ils étaient à nier même son existence, à s'adapter au monde moderne. Il était pourtant proche, à portée de souvenirs, comme un lac qu'on ne peut pas atteindre parce que ses rives sont trop abruptes mais dont on entrevoit, d'en haut, l'eau dormante et froide.

Noémie, la mère des trois enfants, se souvenait, pourtant. Elle se souvenait comme si c'était hier des jours d'avant la disparition, lorsque ses quatre enfants, Gilbert, Émile, Éloi et Judith, avaient pris le chemin des pensionnats, sous la pression des fonctionnaires venus les visiter avec la Gendarmerie royale du Canada, dans la réserve crie de Waskassini, au début de la saison du piégeage. Ils n'avaient pas le choix, lui avait expliqué l'interprète. C'était la loi, les enfants âgés de six ans et plus devaient aller à l'école. Noémie n'avait pas osé protester. S'était-elle vraiment résignée à l'idée qu'on espérait ainsi donner à ses enfants accès à une meilleure éducation, dans la langue des Blancs, la langue des conquérants ? Se disait-elle qu'elle les soustrairait ainsi à la vie dans les bois, tellement difficile, avec le froid qui gelait les os la nuit, les périodes de famine ? Ces questions, sa fille Judith les lui avait posées sans répit, année après année, durant ces longues soirées où elle avait tenté de rapiécer, autour d'une bouteille de gin, les morceaux d'histoire de leur famille éclatée. Noémie n'y avait jamais répondu, familière qu'elle était du silence. En fait, le silence avait régné sur toute cette époque que faisait renaître dans l'esprit de chacun cette cérémonie funéraire. Silencieux, les frères qui revenaient chaque été d'un séjour de dix mois au pensionnat. Silencieuse, la mère qui devait se séparer de ses enfants chaque année à l'automne, mais qui savourait aussi de moins en moins les étés à leurs côtés, emmurés qu'étaient désormais parents et enfants dans leur culture respective. Silencieux, leur père, jusqu'au jour de sa mort, dressé à tendre l'oreille dans la forêt. Seule Judith parlait, posant des questions sans réponses. « À quoi bon refaire éternellement le monde ? » semblait-on lui répondre, en détournant la tête.

Mais une chose était certaine, dans les années qui avaient suivi l'entrée des enfants au pensionnat, Noémie n'avait pas été dupe. Lorsque ses enfants revenaient, chaque année, après les longs mois d'automne et d'hiver passés dans les écoles et les pensionnats du Québec et de l'Ontario, ils n'étaient plus tout à fait les mêmes. Ils manquaient d'assurance en général. Ils parlaient de plus en plus lentement la langue de leurs parents. On aurait dit qu'ils vivaient dans une sorte d'entre-deux-mondes, quelque part entre leur culture traditionnelle, celle qui les avait emmenés tout petits, très loin, chasser dans les bois avec leurs parents, et celle des Blancs, à laquelle, pris au piège, ils essayaient en désespoir de cause de ressembler.

Judith, elle, savait qu'ils ne pouvaient oublier

les longs mois passés dans l'interdiction de parler cri sous la menace de se faire couper la langue. Invariablement, au printemps, leur mère leur demandait où ils avaient mis les vêtements qu'elle avait patiemment confectionnés pour eux et qu'elle leur avait remis avant leur départ, l'automne précédent. Invariablement, ils disaient qu'ils les avaient laissés au pensionnat. Mais Judith savait que ces vêtements avaient été brûlés par les dirigeants de l'établissement, dès le début de l'année scolaire. Une année, Noémie avait tout simplement arrêté de leur en faire, et personne ne savait si elle avait soupçonné la vérité ou si ses vieux doigts étaient tout simplement devenus trop gourds pour coudre et assembler à la manière des aînés.

Malgré les discours sur une vie meilleure, il semblait parfois aux enfants qu'ils avaient tout à perdre et rien à gagner de leur nouvelle condition à l'école. On leur avait donné un numéro en arrivant au pensionnat et on les traitait en tout temps comme des habitants d'un sous-monde. Pas vraiment admis dans le monde des Blancs, mais interdits de séjour dans leur propre culture.

Un été, Judith était rentrée plus tôt que ses frères. Elle fréquentait une autre école qu'eux, où on l'instruisait en anglais, plus doucement, semble-t-il, qu'aux pensionnats où vivaient ses frères. Gilbert et Émile avaient été placés dans un autre pensionnat anglophone, à Brandford, en Ontario, on ne savait trop pourquoi. Éloi, le plus petit, le plus fragile, apprenait le français bon gré mal gré au pensionnat d'Amos. Judith avait quatorze ans. Gilbert et Émile, rentrés quelques jours plus tôt, avaient dix et douze ans, Éloi en avait huit. Mais la vieille Noémie avait eu beau attendre, et attendre, manquer le traditionnel voyage de chasse en famille de l'été, Éloi, son tout petit, son plus jeune, Éloi ne rentrait pas. Il ne rentrait pas et, Noémie le savait maintenant, il ne rentrerait plus jamais, disparu qu'il était sans laisser d'autre trace que son souvenir, ardent et cruel.

Noémie l'avait attendu tout l'été.

« Ils ne savent pas où il est », avaient traduit les fils à la mère, lorsqu'était venu, en septembre, le temps de reprendre le chemin de l'école. Au début, les premières années, cette étape se déroulait au milieu des cris et des pleurs, puis, dans les années qui avaient suivi, au milieu d'un silence pesant.

Chaque printemps, chaque automne suivant, les enfants assistaient à la même scène et traduisaient pour leur mère, impuissants, l'absence d'Éloi, son absence inexpliquée, jusqu'à ce que Noémie n'en parle plus, que le souvenir de son plus jeune fils ne passe plus le seuil de sa bouche, comme enterré en elle-même, désormais à l'abri de ceux qui voulaient l'éloigner d'elle. Le souvenir d'Éloi s'était tu, comme celui des hivers passés en famille dans les bois, comme celui de la vie d'avant les Blancs que Noémie avait connue, que ses enfants se rappelaient maintenant à peine, mais qui bruissait dans chaque feuille déplacée par le vent, comme un murmure, comme un reproche.

Finalement, Judith devait bien se l'admettre, Noémie elle-même avait changé, s'était repliée dans une sorte de solitude et d'incommunicabilité, comme une morte vivante, une errante sur terre, coupée du fabuleux lien qu'avaient un jour tissé ses enfants entre elle et le monde. Elle s'ennuyait, Judith s'en rendait compte. Mais elle était impuissante à combler ce fossé qui se creusait de plus en plus entre sa mère et elle, entre sa mère et ses frères. Entraînée à lire, à écrire, à compter, à parler en anglais constamment et à oublier ses origines, elle ne pouvait plus suivre sa mère lorsque celle-ci entreprenait de tresser des raquettes ou de faire sécher des peaux, dans la tente qu'elle dressait devant leur maison l'été, parce qu'elle n'arrivait pas à oublier complètement son mode de vie traditionnel. Après la mort de son mari, Noémie était restée comme seule de son espèce. Déjà, depuis longtemps, elle avait adopté le bon Dieu des anglicans, au fil des nombreux déménagements de la réserve. Elle récitait son rosaire soir et matin, et c'était le plus qu'on pouvait lui demander. Elle n'apprendrait jamais ni l'anglais ni le français. En fait, elle ne parlait pratiquement plus à personne sinon à elle-même, comme elle le faisait, ce jour-là, sur le balcon d'un hôtel bon marché de la ville d'Amos en Abitibi.

Ses enfants avaient fait leur vie, chacun à sa façon. Avaient réagi différemment à leur condition d'Indien, à l'humiliation des pensionnats, aux perspectives limitées de la réserve. Émile, le plus vieux, avait d'abord tenté de déjouer les prêtres, était rentré chez lui durant deux années, au milieu de son séjour au pensionnat. Puis, constamment partagé entre la culture crie de son enfance et la culture blanche qu'on lui avait inculquée de force, il avait finalement repris le chemin de l'école des Blancs, terminé son secondaire, puis un cours universitaire. Il était devenu avocat. Il travaillait désormais en ville, portait des vêtements bien coupés, et ne revenait plus que très rarement dans la réserve. Son frère, Gilbert, n'avait pas rebondi aussi facilement. Comme si la vie, toute la vie d'avant l'école, la vie menée dans les bois, l'été et l'hiver, s'était tassée au fond de lui-même dans une boîte scellée dont il avait perdu la clé. Quand il était revenu dans la réserve, il avait essayé un certain temps de travailler. Était retourné chasser, durant l'été, avec son père. Puis, quand celui-ci était mort, d'une espèce de diabète mal traité, il s'était renfermé dans sa petite maison du bout de la rue de la réserve, et passait depuis des journées à se bercer, devant une télévision allumée, qui bêlait en anglais à toute heure du jour et de la nuit, mais qu'il ne regardait plus à force de la voir.

Judith, elle, avait terminé son secondaire. Revenue dans la réserve, elle avait tâté un peu de la drogue et de l'alcool. Elle s'était redressée, dans un sursaut d'espérance. Elle avait eu trois enfants avec un amour de jeunesse ensuite parti suivre sa chance ou sa misère en ville, à Québec, puis à Montréal.

Elle avait trouvé un emploi à la télévision communautaire crie, d'abord comme réceptionniste, puis comme journaliste. Depuis, elle sillonnait le Grand Nord à la recherche d'informations pour son travail, et c'est dans ce cadre-là qu'était survenu finalement l'incident qui les emmenait tous au cimetière de la petite ville d'Amos, ce jour-là.

Judith réalisait précisément un reportage sur les pensionnats, ces écoles qui les avaient happés, ses frères et elle, avant de les laisser mi-morts, mi-vivants, sans mémoire et sans véritable culture, quand elle avait visité cette petite ville, pour récolter des témoignages. C'est à la résidence pour personnes âgées de la ville qu'elle avait rencontré l'infirmière Dutil.

Petite, sèche, comme perdue au fond du grand lit qui lui servait désormais de demeure, Sophie Dutil n'en avait pas moins l'esprit alerte comme une mésange sur une branche en hiver. À plus de quatre-vingts ans, elle s'était résignée à ne plus marcher, après avoir subi deux fractures et deux opérations à la hanche au cours d'une même année, alors qu'elle s'obstinait à tenter d'aller aux toilettes seule, sans l'aide de la préposée aux bénéficiaires qu'elle ne pouvait supporter et qui était affectée au service de nuit.

« Cessez de vous entêter, madame Dutil », lui avait recommandé la préposée la veille même de sa dernière chute. Mais on ne domestiquait pas si facilement l'infirmière Dutil.

Aînée d'une famille de douze enfants, mal aimée de sa mère, Sophie Dutil avait tôt pris les responsabilités d'une chef de famille, et avait gardé de sa jeunesse des mains rugueuses pour avoir trop longtemps frotté des couches dans l'eau glacée de la rivière. Arrivée à l'âge adulte, après que la marmaille de ses frères et sœurs eurent tous quitté le nid, elle avait suivi un cours d'infirmière et s'était engagée dans les pensionnats.

Infatigable, de nature généreuse, elle avait réellement souhaité aider les pauvres Indiens, comme elle les appelait. Ils passaient par son infirmerie, plus ou moins malades, le plus souvent tristes comme des tourterelles à qui l'on aurait interdit de chanter, pratiquement aphones, dans l'impossibilité de parler leur langue maternelle, et encore incapables de parler celle du conquérant.

Elle les avait soignés les uns après les autres, avait tenté de leur apporter un peu de réconfort, en les entourant parfois, dans le secret de son infirmerie, de ses bras vigoureux de femme solitaire habituée aux travaux difficiles, avant qu'ils ne retournent dans leur dortoir ou dans leur classe, glissant sur le plancher comme s'ils avaient à peine touché à terre, muets et craintifs, condamnés à l'exil à l'intérieur d'eux-mêmes.

Elle avait tenté d'apprendre leurs noms, et il arrivait que certains d'entre eux, temporairement apaisés par cette attention soudaine, simulent maux de ventre, maux de tête ou courbatures pour séjourner un peu plus longtemps entre les draps blancs du grabat destiné aux malades.

Le jour de la visite de Judith, la réception de l'établissement avait averti Sophie Dutil qu'une journaliste voulait la rencontrer pour l'interviewer sur son expérience dans les pensionnats. On avait dit à Judith que la vieille femme avait parfois des absences, suivies, de façon tout à fait impromptue, de longues périodes de lucidité, au cours desquelles sa mémoire semblait aussi vive que celle d'une jeune femme.

Quand Judith est entrée dans sa chambre, la vieille femme a d'abord scruté longuement ses yeux noirs, son visage ovale, comme pour tenter d'y retrouver l'empreinte d'une enfance qu'elle aurait pu croiser, un jour, au hasard d'une grippe ou d'une indigestion.

Mais Judith s'est présentée comme journaliste. L'interview a commencé.

Cela faisait à peine dix ans que le dernier pensionnat fédéral du Québec ayant accueilli des Indiens avait fermé ses portes. À cette époque, Sophie Dutil était déjà retraitée depuis longtemps. Après, on avait bâti des écoles dans les réserves amérindiennes, que les enfants étaient obligés de fréquenter. Depuis quelques décennies, les politiques d'assimilation des autochtones, mises en œuvre par le gouvernement fédéral à la fin du dix-neuvième siècle, étaient contestées. Et en fait, dès que la retraite lui avait laissé le temps de réfléchir sur la longue carrière qu'elle avait menée dans les pensionnats, dès qu'elle avait pu prendre un peu de recul par rapport aux religieux qui l'avaient employée toute sa vie, Sophie s'était demandé si les fameuses écoles fédérales, qui visaient à intégrer les autochtones à la « civilisation » blanche, n'étaient pas un échec magistral. Aujourd'hui, les autochtones réclamaient des excuses pour cette incarcération forcée de leurs enfants, et pour l'acculturation sauvage qu'ils y avaient subie. Familles brisées, alcoolisme, errance et itinérance, les séquelles de la vaste opération d'« éducation » menée par le gouvernement fédéral de concert avec les religieux, semblaient impossibles à évaluer. Dans les journaux, on parlait d'abus physiques, sexuels, psychologiques.

L'interview a commencé sur un ton calme. Judith a évoqué la longue carrière de Sophie Dutil, la quantité d'enfants qu'elle avait dû soigner, bercer, consoler.

Sophie Dutil a souri. Son regard a semblé plonger des années en arrière.

Elle dit : « Oh oui, j'en ai vu des petits Indiens. Il y en a qui arrivaient ici comme des petits animaux sauvages. Ils ne parlaient ni français ni anglais. Comme ils ne pouvaient pas parler dans leur langue, on ne les entendait presque jamais. Déjà que c'étaient pas des bavards, en général. Pas bavards mais assez rieurs quand même. En tout cas, quand ils arrivaient. Je me souviens d'en avoir fait rire, des petits enfants, en les chatouillant, en chantant des comptines dans une langue qu'ils ne connaissaient même pas. Ils étaient curieux, espiègles, ne cherchaient qu'à s'amuser. Puis, après quelques mois au pensionnat, leurs visages se refermaient, ils devenaient de plus en plus difficiles à rejoindre et finissaient par ressembler à des ampoules brûlées qu'on aurait oublié de changer. Et je me demandais où étaient passés les petits démons rieurs que j'avais accueillis si peu de temps avant. Ils avaient préféré se réfugier au fond d'eux-mêmes plutôt que de se rendre complètement aux religieux et à leurs règles. »

Au fur et à mesure que la vieille infirmière parlait, Judith revoyait les visages joyeux de ses frères revenant d'un voyage de chasse avec leur père, quelques semaines avant de repartir pour le pensionnat.

La question monta, de but en blanc, et en la

posant, Judith eut l'impression de déchirer un pan du long silence qui enveloppait l'histoire de sa famille depuis des années : « Avez-vous souvenir des sévices physiques qu'ils enduraient?

— C'est sûr qu'il y en avait qui se faisaient réprimander, répondit l'infirmière, le regard subitement lointain. Il y en a qui se faisaient battre. Les règlements étaient très sévères, dans ce temps-là », dit-elle.

Judith ne voyait plus la vieille femme au fond d'un lit dans une résidence de vieillards d'Amos, en Abitibi. Elle ne voyait plus qu'à l'intérieur d'elle-même, quelque chose, rouge ou noir, comme un écran de colère. Une autre question monta à ses lèvres, déchirant le voile silencieux du temps.

« Est-ce que vous avez eu connaissance d'abus sexuels? »

L'infirmière détourna les yeux un instant, pour fixer les carrés de la courtepointe qui recouvrait son lit. Un long silence s'installa entre elles. Quand l'infirmière releva la tête, elle scruta le regard de Judith.

« Dis donc, t'es une petite qui, toi, tu viens d'où?

— Je viens de la réserve crie de Waskassini. Mes deux frères sont allés au pensionnat de

Brandford, en Ontario. Et puis un troisième au pensionnat d'Amos, où il a disparu sans qu'on sache jamais ce qu'il lui était arrivé.

— Waskassini », chuchota l'infirmière qui caressait maintenant les carreaux de sa courtepointe d'une main appliquée. Il y a eu beaucoup d'Indiens qui nous sont arrivés de là à un moment donné, poursuivit-elle. Des filles, des garçons. Je me souviens de l'un d'eux en particulier, un garçon chétif, toujours en train de tousser, toujours fourré à l'infirmerie. Ses quintes de toux le secouaient des après-midi durant. Je l'ai soigné, soigné. Il n'y avait rien à faire. Il aurait fallu l'envoyer en ville, le faire soigner dans des hôpitaux, par des médecins spécialisés. Cette année-là, le gouvernement n'avait pas l'argent pour payer les frais. C'était Éloi qu'il s'appelait. »

Judith saisit les mains de l'infirmière. Elle qui avait été jusque-là réservée caressait maintenant la vieille dame, avec chaleur, comme si elle voulait toucher, du même mouvement, le souvenir de ce frère disparu, que sa mère n'avait pas arrêté de chercher de la main, des yeux, puis de l'âme, seule dans les bois avec sa peine, durant toutes ces années qui séparaient désormais Judith de l'enfance.

Sous le coup de l'émotion, elle murmura quelques mots en cri.

« *Nishim an,* dit-elle. Éloi, c'est mon frère, répéta-t-elle en français. Dites-moi, dites-moi ce qui est arrivé à Éloi.

— C'est ton frère? s'étonna la vieille Sophie, revenant soudain dans la chambre blanche, comme après un voyage dans le passé. Ton frère, le petit Éloi? Je l'ai bercé, celui-là, des nuits entières, durant le long coma qui a précédé sa mort. Je l'avais encore dans les bras quand il a rendu l'âme, en pleine nuit. Je croyais qu'il dormait. Puis, j'ai vu sa petite bouche pâlir, bleuir. Il m'a fallu avertir les autorités. Ils ont fait comme pour quelques autres, ceux dont on ne savait plus trop quoi faire. Ils ont dit que leurs parents étaient trop loin, inaccessibles, dispersés. Ils l'ont mis dans une fosse commune.

— Où est-il, demanda Judith, sautant subitement sur ses talons. Où est-il?

— Je l'ai vu disparaître dans ce trou, au bout du cimetière, sans autre forme de cérémonie, poursuivit la vieille sans prêter attention à Judith. Je me disais souvent qu'on le privait peut-être ainsi du repos de son âme, sans pierre tombale, sans messe. Mais moi, je ne suis pas religieuse, vous savez. Je ne suis qu'infirmière. Je me disais que si les religieux agissaient ainsi, c'était qu'ils avaient leurs raisons. C'était qu'ils avaient sûrement raison. »

Depuis quelques minutes déjà, la garde attendait dans le cadre de la porte pour avertir Judith que l'heure des visites était passée. La jeune femme caressa encore un instant les mains de la vieille infirmière. Elle prit congé pour la journée.

Le téléphone avait sonné plusieurs coups avant que Noémie n'entre dans sa maison pour prendre l'appel. En vieillissant, il lui arrivait de plus en plus souvent de rester assise dehors toute la journée, humant le vent, le regard vague, enfermée dans une mémoire qui lui semblait de plus en plus inutile.

« J'ai trouvé Éloi », lui avait simplement dit Judith au téléphone, la gorge serrée par l'émotion.

Un mois plus tard, pour la première fois de sa vie, la vieille Noémie était sortie de la réserve. Dans un sac, elle avait pris quelques vêtements, une vieille photo, un vieux tee-shirt d'enfant, et un bec de canard, rapporté il y a très longtemps de la chasse. Arrivée dans la ville d'Amos, elle s'était dirigée vers l'hôtel dont sa fille lui avait donné l'adresse. Assise sur son balcon, elle avait attendu ses deux fils en chantant de vieilles berceuses héritées de sa mère.

Quand ils sont arrivés, elle craignit soudain que ses jambes ne puissent plus jamais la porter, qu'elles s'effritent comme un vieux papier rendu fragile par l'âge.

Assise, elle serra Émile, puis Gilbert, dans ses bras. Ils la soutinrent ensemble dans la marche qui les menait au cimetière, indifférents aux curieux qui observaient cette étrange procession.

Devant l'endroit où Judith les attendait, on avait placé une petite pierre tombale, avec le nom de l'enfant. À la demande de Judith, un prêtre s'était déplacé. Il était catholique, alors que la famille d'Éloi était anglicane. C'était le seul prêtre qu'on avait pu trouver sur les lieux. Ne pouvant sortir de son lit, Sophie Dutil avait griffonné ses sympathies à la mère d'Éloi et à ses deux frères, sur un bout de papier que Judith remit à Noémie. Une petite cérémonie commença.

Noémie ne comprenait pas un mot de cette messe en français. Elle scruta longuement la terre sous ses pieds, puis regarda autour les autres tombes, ce prêtre blanc, ce village. Elle pensa à Éloi, au fruit de ses entrailles, déposé ici quelque quarante ans auparavant. Est-ce que cela faisait de cette terre un peu sa terre?

Elle se signa.

Ses deux fils et sa fille répondirent aux paroles du prêtre. Elle les écouta psalmodier dans une langue étrangère, plantée là dans le vent, devant ce qu'il restait peut-être de la chair de sa chair, les restes de celui qu'elle avait attendu durant tant d'années. Et il lui sembla qu'elle n'était pas, qu'elle ne serait plus jamais, nulle part dans le monde, vraiment chez elle.

Une première version de la nouvelle *La prunelle de ses yeux* a été publiée dans le quotidien *Le Devoir*.

Table des matières

Imprimé sur du papier 100 % postconsommation,
traité sans chlore, certifié ÉcoLogo
et fabriqué dans une usine fonctionnant au biogaz.

MISE EN PAGES ET TYPOGRAPHIE :
LES ÉDITIONS DU BORÉAL

ACHEVÉ D'IMPRIMER EN AVRIL 2009
SUR LES PRESSES DE MARQUIS IMPRIMEUR
À CAP-SAINT-IGNACE (QUÉBEC).